KB109464

서쪽 바람

West Wind: Poems and Prose Poems by Mary Oliver

This bilingual edition was published by Maumsanchaek in 2022 by arrangement with HarperCollins Publishers LLC through KCC(Korea Copyright Center Inc.), Seoul.

이 책은 (주)한국저작권센터(KCC)를 통한 저작권자와의 독점 계약으로 마음산책에서 출간되었습니다. 저작권법에 의해 한국 내에서 보호를 받는 저작물이므로 무단 전재와 복제를 금합니다.

서쪽 바람

메리 올리버

민승남 옮김

마음산책

서쪽 바람

1판 1쇄 인쇄 2023년 1월 5일
1판 1쇄 발행 2023년 1월 10일

지은이 | 메리 올리버
옮긴이 | 민승남
펴낸이 | 정은숙
펴낸곳 | 마음산책

편집 | 성혜현 · 박선우 · 김수경 · 나한비 · 이동근
디자인 | 최정윤 · 오세라 · 차민지
마케팅 | 권혁준 · 권지원 · 김은비
경영지원 | 박지혜

등록 | 2000년 7월 28일(제2000-000237호)
주소 | (우 04043) 서울시 마포구 잔다리로3안길 20
전화 | 대표 362-1452 편집 362-1451   팩스 | 362-1455
홈페이지 | www.maumsan.com
블로그 | blog.naver.com/maumsanchaek
트위터 | twitter.com/maumsanchaek
페이스북 | facebook.com/maumsan
인스타그램 | instagram.com/maumsanchaek
전자우편 | maum@maumsan.com

ISBN 978-89-6090-790-4 03840

우리가 무언가가 되어야 한다면, 함께인 게 좋겠지.

그렇게 우리는 함께 어둠을 건너지.

몰리 멀론 쿡을 위하여

일러두기

1 이 책은 『West Wind』(Houghton Mifflin Company, 1997)를 우리말로 옮긴 것이다.

2 표지와 본문 사진은 원서에는 수록되지 않은 것으로, 사진가 이한구의 작품이다.

3 외국 인명과 지명, 작품명 및 독음은 외래어표기법을 따르되, 관용적인 표기와 동떨어진 경우 절충하여 실용적 표기를 따랐다.

4 작품명은 원어 제목을 독음대로 적거나 필요한 경우 우리말로 번역해 적었다.

5 원서에서 기울여 강조한 글씨는 고딕체로 표시했다.

6 편명은 「 」로, 책 제목은 『 』로 표기했다.

차례

1

흰나비 일곱 마리 17

라운드 연못에서 21

검은 떡갈나무 25

개가 또 달아나서 29

나, 일찍 일어나는 사람 아니던가 33

서부구렁이 41

그래서 45

봄 51

별들 55

세 가지 노래 61

셸리 67

단풍나무 73

물수리 77

감미로운 피리 존 클레어 83

가자미, 셋 85

사십 년   91

이번엔 검정뱀   95

아침 산책   101

비, 나무, 천둥 번개   107

황홀   113

여우   119

감사   123

믿음에 대해 이야기하는 작은 여름 시   129

개들   135

해변에서   143

그레이트 연못에서   147

2 서쪽 바람

서쪽 바람   153

3

검고 긴 나뭇가지들 사이로 들어가본 적 있어 185

감사의 말 195

옮긴이의 말 196

작가 연보 200

메리 올리버를 향한 찬사 204

우리가 무얼 할 수 있겠어?

그저 숨 들이쉬고 내쉬며,

겸허하고 기껍게, 제자리를 지킬 뿐.

1

한번은 과학적 성향을 지닌 사람들 몇 명이 우쭐거리며
행성들 간의 어마어마한 거리, 빛이 지구까지 오는 데
걸리는 시간 따위에 대해 떠들어대자 못마땅한 기색으로
듣고 있던 그가 버럭 소리쳤다. "틀렸어! 요전 날 길을 걷다가
길 끝에서 지팡이를 드니 하늘에 닿던걸."

—A. 길크리스트, 『윌리엄 블레이크의 삶과 작품들Life and Works of William Blake』

Seven White Butterflies

Seven white butterflies

delicate in a hurry look

how they bang the pages

    of their wings as they fly

to the fields of mustard yellow

and orange and plain

gold all eternity

    is in the moment this is what

Blake said Whitman said such

wisdom in the agitated

motions of the mind seven

    dancers floating

even as worms toward

paradise see how they banter

흰나비 일곱 마리

흰나비 일곱 마리
섬세한 서두름 봐
날개 페이지
　　팔랑팔랑 넘기며

겨자색 오렌지색
순수한 금색 들판으로 날아가는 모습
언제나 영원은
　　순간 속에 있다는 말

블레이크가 했지 휘트먼이 했지 그런
지혜 일곱 춤꾼들
동요된 마음의
　　움직임 속에 떠도네

벌레들이 파라다이스를
향하면서도 희롱하고

and riot and rise

    to the trees flutter

lob their white bodies into

the invisible wind weightless

lacy willing

    to deliver themselves unto

the universe now each settles

down on a yellow thumb on a

brassy stem now

    all seven are rapidly sipping

from the golden towers who

would have thought it could be so easy?

탐닉하고 나무 위로
　　날아오르는 걸 봐

나비들 흰 몸
보이지 않는 바람에 던지고
나풀나풀 하늘하늘 기꺼이
　　우주에 스스로를

내맡기지 이제 저마다
놋쇠 빛깔 나무의
노란 엄지에 내려앉아
　　이제 일곱 모두 그 황금 탑

부지런히 빨고 있지 그게 그리
쉬울 줄 누가 알았겠어?

At Round Pond

owl

make your little appearance now

owl dark bird bird of gloom

messenger reminder

of death

that can't be stopped

argued with leashed put out

like a red fire but

burns as it will

owl

I have not seen you now for

too long a time don't

라운드 연못에서

올빼미
이제 작은 등장을 해봐

올빼미 검은 새 어둠의 새
죽음을 일깨우는

죽음의 사자
막을 수가 없지

말로 설득할 수도 줄에 매어둘 수도
시뻘건 불처럼 끌 수도 없고

마음껏 타오르지
올빼미

너를 본 지
너무 오래됐어

hide away but come flowing and clacking

the slap of your wings

your death's head oh rise

out of the thick and shaggy pines when you

look down with your

golden eyes how everything

trembles

then settles

from mere incidence into

the lush of meaning.

숨지 말고 나와서 떠다니며 부리 딱딱거려봐
너의 날갯짓

그 죽음의 머리 오 무성한
소나무 숲에서 떠올라 네가

그 황금빛 눈동자로
내려다보면 모두들

공포에 떨다가
제자리를 찾지

단순한 발생에서
충만한 의미로.

Black Oaks

Okay, not one can write a symphony, or a dictionary,

or even a letter to an old friend, full of remembrance

and comfort.

Not one can manage a single sound, though the blue jays

carp and whistle all day in the branches, without

the push of the wind.

But to tell the truth after a while I'm pale with longing

for their thick bodies ruckled with lichen

and you can't keep me from the woods, from the tonnage

of their shoulders, and their shining green hair.

Today is a day like any other: twenty-four hours, a

little sunshine, a little rain.

검은 떡갈나무

그래, 교향곡을, 사전을 써낼 수는 없겠지,
　　옛 친구에게, 추억과 위안을 가득 담은
　　편지 한 장 쓰기도 힘들어.

소리 하나 내기도 힘들지, 파랑어치는
　　바람이 등 떠밀지 않아도
　　나뭇가지에 앉아 온종일 투덜대고 휘파람 불지.

하지만 솔직히 말하자면 나는 얼마 지나지 않아
　　이끼로 주름진 그 굵은 몸들 그리워 얼굴이 창백해지지

그 나무들, 그 우람한 어깨, 그 반짝이는 초록 머리칼에서
　　나를 떼어놓을 순 없어.

오늘은 여느 날처럼 스물네 시간에, 햇살이 조금
　　비치고, 비가 조금 내려.

Listen, says ambition, nervously shifting her weight from
    one boot to another—why don't you get going?

For there I am, in the mossy shadows, under the trees.

And to tell the truth I don't want to let go of the wrists
    of idleness, I don't want to sell my life for money,
    I don't even want to come in out of the rain.

이봐, 야망이 장화 신은 양발에 번갈아 체중을 실으며
　　초조하게 말하지―이제 시작하는 게 어때?

왜냐하면 내가 거기, 나무들 아래, 이끼 깔린 그늘에 있거든.

그리고 솔직히 말하자면 나는 게으름의 손목을 놓아주기가
　　싫어, 돈에 내 삶을 팔기가 싫어,
　　비를 피해 안으로 들어가기조차 싫어.

The Dog Has Run Off Again

and I should start shouting his name

and clapping my hands,

but it has been raining all night

and the narrow creek has risen

is a tawny turbulence is rushing along

over the mossy stones

is surging forward

with a sweet loopy music

and therefore I don't want to entangle it

with my own voice

calling summoning

my little dog to hurry back

look the sunlight and the shadows are chasing each other

listen how the wind swirls and leaps and dives up and
  down

who am I to summon his hard and happy body

his four white feet that love to wheel and pedal

개가 또 달아나서

그래서 난 이름을 소리쳐 부르며
손뼉을 쳐야 하지만,
밤새 내린 비로
개울물이 불어
이끼 낀 돌 위로
황토색 급류가 세차게 흘러
달콤하고 기이한 음악과 함께
굽이쳐 흘러
어서 돌아오라고 나의 작은 개를
불러대는
내 목소리가
그 음악에 뒤섞이는 건 싫어
햇살과 그림자가 서로 쫓고 쫓기는 걸 봐
바람이 소용돌이치고 내달리고 솟구쳐 오르고 내리꽂히는
소리를 들어봐
내가 누구라고
그 개의 단단하고 행복한 몸

through the dark leaves

to come back to walk by my side, obedient.

검은 낙엽 헤치고 씽씽 달리기를 좋아하는 하얀 네 발
불러들여 내 옆에서 얌전히 걷게 하겠어.

Am I Not Among the Early Risers

Am I not among the early risers

and the long-distance walkers?

Have I not stood, amazed, as I consider

the perfection of the morning star

above the peaks of the houses, and the crowns of the trees

    blue in the first light?

Do I not see how the trees tremble, as though

    sheets of water flowed over them

though it is only wind, that common thing,

    free to everyone, and everything?

Have I not thought, for years, what it would be

worthy to do, and then gone off, barefoot and with a silver

    pail, to gather blueberries,

thus coming, as I think, upon a right answer?

나, 일찍 일어나는 사람 아니던가

나, 일찍 일어나는 사람
많이 걷는 사람 아니던가?

나, 경이에 젖어 걸음 멈추고
푸른 여명 속
지붕들과 나무 꼭대기들 위
　　완벽한 샛별 바라보지 않았던가?
나무들 위를 지나는 건 그저 바람,
　　누구에게나 주어진 흔한 것일 뿐인데
바람이 아니라 물살인 듯 흔들리는 나무들,
　　나, 그 나무들의 떨림 보고 있지 않은가?

나, 오랜 세월, 가치 있는 일이 무엇일까 생각하다
양동이 들고 맨발로
　　블루베리 따러 나가
정답을 얻지 않았던가?

What will ambition do for me that the fox, appearing suddenly
at the top of the field,
her eyes sharp and confident as she stared into mine,
has not already done?

What countries, what visitations,

    what pomp
would satisfy me as thoroughly as Blackwater Woods
on a sun-filled morning, or, equally, in the rain?

Here is an amazement—once I was twenty years old and in

    every motion of my body there was a delicious ease,
and in every motion of the green earth there was

    a hint of paradise,
and now I am sixty years old, and it is the same.

Above the modest house and the palace—the same darkness.
Above the evil man and the just, the same stars.
Above the child who will recover and the child who will

    not recover, the same energies roll forward,
from one tragedy to the next and from one foolishness to the next.

야망이 나를 위해 해줄 일, 들판 끝에서
홀연히 나타난 여우가,
그 날카롭고 자신에 찬 눈으로 나를 응시하며
이미 해주지 않았던가?

그 어떤 나라, 그 어떤 구경거리,
    그 어떤 장관이
햇살 가득한 아침이나 빗속의
블랙워터 숲만큼 나에게 완전한 만족을 줄 수 있을까?

경이로운 건—내 나이 스무 살 때
    내 몸의 모든 움직임에 달콤한 평안이
초록 지구의 모든 움직임에
    파라다이스의 암시가 있었던 것처럼,
내 나이 예순이 된 지금도, 마찬가지라는 거지.

소박한 집 위에도 궁전 위에도—같은 어둠이 있어.
악한 사람 위에도 정의로운 사람 위에도, 같은 별들이 있어.
회복될 아이 위에도 회복되지 못할 아이 위에도,
    같은 에너지가 흘러,
비극에서 비극으로 어리석음에서 어리석음으로.

I bow down.

Have I not loved as though the beloved could vanish at any
    moment,
or become preoccupied, or whisper a name other than mine
      in the stretched curvatures of lust, or over the dinner table?
Have I ever taken good fortune for granted?

Have I not, every spring, befriended the swarm that pours forth?
Have I not summoned the honey-man to come, to hurry,
      to bring with him the white and comfortable hive?

And, while I waited, have I not leaned close, to see everything?
Have I not been stung as I watched their milling and gleaming,
      and stung hard?

Have I not been ready always at the iron door,
      not knowing to what country it opens—to death or to
        more life?

Have I ever said that the day was too hot or too cold
or the night too long and as black as oil anyway,

나, 고개 숙여 절하지.

나, 연인이 언제라도 사라질 수 있을 것처럼 사랑하고,
온통 마음을 빼앗기고, 굽이치는 욕정의 물결 속에서나
　　저녁 식탁 너머로 나 아닌 이름을 속삭이지 않았던가?
나, 행운을 당연시한 적이 있었던가?

나, 봄마다 쏟아져 나오는 무리들과 친구 되지 않았던가?
나, 꿀 만드는 이에게 서두르라고, 안락한 흰색 벌집 가지고
　　빨리 오라고 재촉하지 않았던가?

그리고, 꿀을 기다리는 동안, 가까이 몸 기울여, 모든 걸 보지
　　않았던가?
바글바글 모여들어 반짝이는 그들 지켜보다가 쏘이지,
　　호되게 쏘이지 않았던가?

나, 언제나 모든 준비를 마치고 철문 앞에서 기다리지 않았던가?
　　그 문이 어느 나라로 통할지, 죽음일지 계속되는 삶일지도
　　모르면서.

나, 날이 너무 덥다거나 너무 춥다거나
밤이 너무 길고 석유처럼 검다고 말한 적 있었던가?

or the morning, washed blue and emptied entirely

of the second-rate, less than happiness

as I stepped down from the porch and set out along

the green paths of the world?

나, 집에서 나와

　　세상의 초록 오솔길 따라 걸을 때

허접한 것들 싹 비워지고 파랗게 씻긴
아침이 행복하지 못했던 적 있었던가?

Pilot Snake

had it

lived it would have grown

from twelve inches to a

    hundred maybe would have

set out to eat

all the rats of the world and managed

a few would have frightened

    somebody sooner or later

as it crossed the road would have been

feared and hated and shied away from

black glass lunging

    in the green sea

in the long blades of the grass

but now look death too

서부구렁이

살아남았더라면
길이가 삼십 센티미터에서
어쩌면 이백오십 센티미터까지
　　자랐을 테고

세상의 쥐들을
다 잡아먹으러 나섰다가 몇 마리
해치웠을 테고 조만간
　　길을 건너다 누군가를

기겁하게 만들었을 테고
초록 바다에서
무성한 풀숲에서 갑자기 튀어나오는
　　검은 유리

공포와 증오와 회피의 대상
하지만 이제 봐 죽음도

is a carpenter how all his

    helpers the shining ants

labor the tiny

knives of their mouths

dipping and slashing how they

    hurry in and out

of that looped body taking

apart opening up now the soul

flashes like a star and is gone there is only

that soft dark building

    death.

목수지 그를 돕는
　반짝이는 개미들

고리 모양으로 늘어진 몸
바지런히 드나들며
입이라는 작은 칼날로
　찌르고 베어

해체하고 열지
별처럼 반짝이는 영혼 사라지고
이제 남은 건
저 물렁한 검은 구조물
　죽음.

So

This morning

    the dogs

        were romping and stomping

            on their nailed feet—

they had hemmed in

    a little thing—

        a field mouse—

            so I picked it up

and held it

    in the purse of my hands,

        where it was safe—

            but it turned

on the blank face

    of my thumb—

그래서

오늘 아침
　　개들이
　　　　발톱 달린 발 구르며
　　　　　　날뛰었어—

개들이 작은 것을
　　포위했어—
　　　　들쥐 한 마리—
　　　　　　그래서 난 들쥐를 들어 올려

오므린
　　두 손바닥 안에
　　　　안전하게 두었지—
　　　　　　그런데 녀석이

비어 있는 얼굴을 한
　　내 엄지손가락에게 대들었어—

in a burst

of seedy teeth

it sprinkled

my whole body with sudden

nails of pain.

The dogs

were long gone—

so under

an old pine tree,

on the spicy needles,

I put it down,

and it dashed away.

For an instant

the whole world

was still.

Then the wind

fluttered its wrists, a

sweet music as usual,

씨앗 같은 이빨들로
꽉 깨물어

나의 온몸에
갑작스러운 아픔의 못들
흩뿌렸지.
개들은

가버린 지 오래—
그래서
늙은 소나무 아래
향긋한 솔잎 위에,

녀석을 내려놓았더니,
쏜살같이 달아났어.
한순간
온 세상이

고요했지.
그러다 바람이
손목을 퍼덕였고,
평소처럼 달콤한 음악,

though as usual I could not tell

whether it was about caring or not caring

that it tossed itself around, in the boughs of light,

and sang.

평소처럼, 나, 알 수 없었지,

바람이 빛의 가지들 사이로 뒹굴며

부르는 노래가

보살핌에 대한 것인지 무심함에 대한 것인지.

Spring

This morning

two birds

fell down the side of the maple tree

like a tuft of fire

a wheel of fire

a love knot

out of control as they plunged through the air

pressed against each other

and I thought

how I meant to live a quiet life

how I meant to live a life of mildness and meditation

tapping the careful words against each other

and I thought—

봄

오늘 아침
새 두 마리
단풍나무 옆으로 떨어졌어

불덩이처럼
불의 수레바퀴처럼
사랑 매듭처럼

둘이 꼭 붙어
속절없이 허공에서 떨어졌고
나는 생각했지

조용한 삶을 살겠노라고
말을 다듬고 또 다듬으며
온유와 명상의 삶을 살겠노라고

갑자기 내가 은 막대기처럼 돌고 있는 것 같았어,

as though I were suddenly spinning, like a bar of silver

as though I had shaken my arms and *lo!* they were wings—

of the Buddha

when he rose from his green garden

when he rose in his powerful ivory body

when he turned to the long dusty road without end

when he covered his hair with ribbons and the petals of flowers

when he opened his hands to the world.

두 팔을 흔든 것 같았고 봐! 그건 날개였어,
그리고 난 생각했지

부처를
그가 초록 정원에서 일어섰을 때
그가 강인한 상앗빛 몸으로 일어섰을 때

그가 끝없이 뻗은 먼지 날리는 길을 향해 돌아섰을 때
그가 리본과 꽃잎으로 머리를 덮었을 때
그가 세상을 향해 손바닥을 펼쳤을 때.

Stars

Here in my head, language
keeps making its tiny noises.

How can I hope to be friends
with the hard white stars

whose flaring and hissing are not speech
but a pure radiance?

How can I hope to be friends
with the yawning spaces between them

where nothing, ever, is spoken?
Tonight, at the edge of the field,

I stood very still, and looked up,
and tried to be empty of words.

별들

여기 내 머릿속, 언어의
작은 소음이 그치질 않아.

단단한 흰 별들과 친구 되기를
나 어찌 바랄 수 있을까?

별의 너울거림과 쉭쉭거림은 말이 아니라
순수한 광채지

하품하는 공간들과 친구 되기를
나 어찌 바랄 수 있을까?

그들 사이엔 아무 말도 오가지 않아
나, 오늘 밤, 들판 가장자리에

가만히 서서, 하늘 올려다보며,
머릿속 말들을 비우려 했지.

What joy was it, that almost found me?

What amiable peace?

Then it was over, the wind

roused up in the oak trees behind me

and I fell back, easily.

Earth has a hundred thousand pure contraltos—

even the distant night bird

as it talks threat, as it talks love

over the cold, black fields.

Once, deep in the woods,

I found the white skull of a bear

and it was utterly silent—

and once a river otter, in a steel trap,

and it too was utterly silent.

What can we do

그 어떤 기쁨, 그 어떤 온화한 평화
내 마음의 문 앞까지 찾아왔을까?

그러다 끝이 났어, 내 뒤의
떡갈나무 숲에서 바람이 일었고

난 쉽게도 물러났지.
자연은 맑은 알토 음 무수히도 지녔어―

멀리 있는 밤새도
차가운 검은 들판 너머로

위협의 말, 사랑의 말을 하지.
언젠가 깊은 숲속에서,

곰의 흰 두개골을 발견했는데
아주 조용했지―

언젠가 덫에 걸린 수달도 보았는데
역시 아주 조용했어.

우리가 무얼 할 수 있겠어?

but keep on breathing in and out,

modest and willing, and in our places?
Listen, listen, I'm forever saying,

Listen to the river, to the hawk, to the hoof,
to the mockingbird, to the jack-in-the-pulpit—

then I come up with a few words, like a gift.
Even as now.

Even as the darkness has remained the pure, deep darkness.
Even as the stars have twirled a little, while I stood here,

looking up,
one hot sentence after another.

그저 숨 들이쉬고 내쉬며,

겸허하고 기껍게, 제자리를 지킬 뿐.
들어봐, 들어봐, 내가 늘 하는 말이지

들어봐, 강물의 소리, 매의 소리, 발굽 소리,
흉내지빠귀 소리, 천남성 소리—

그럼 몇 가지 말이 떠오르지, 선물처럼.
심지어 지금도.

심지어 어둠이 순수하고 깊은 어둠으로 남아 있을 때도.
심지어 별들이 빙글 돌았을 때도, 나 여기 서서,

하늘 올려다보면,
멋진 문장이 하나씩 떠오르지.

Three Songs

1

A band of wild turkeys is coming down the hill. They are coming slowly—as they walk along they look under the leaves for things to eat, and besides it must be a pleasure to step alternately through the pale sunlight, then patches of slightly golden shade. They are all hens and they lift their thick toes delicately. With such toes they could march up one side of the state and down the other, or skate on water, or dance the tango. But not this morning. As they get closer the sound of their feet in the leaves is like the patter of rain, then rapid rain. My dogs perk their ears, and bound from the path. Instead of opening their dark wings the hens swirl and rush away under the trees, like little ostriches.

세 가지 노래

1

야생 칠면조 부리 언덕을 내려오네. 천천히 오고 있네—낙엽 밑에서 먹이 찾으며. 약한 햇살 아래 금빛 머금은 그늘 들락거리며 걷는 것도 즐거울 거야. 모두 암컷들, 두툼한 발가락을 우아하게 들고 있네. 그런 발가락으로 먼 길을 행진하고, 물 위를 미끄러지고, 탱고를 출 수 있었지. 하지만 오늘 아침에는 아냐. 칠면조들이 가까이 다가오자 낙엽 밟는 소리가 후두두 빗소리, 그다음엔 소나기 소리처럼 들리네. 내 개들 귀 쫑긋 세우고 껑충 거리네. 칠면조들은 검은 날개 펼치는 대신 빙빙 돌더니 나무 아래로 달아나네. 작은 타조들처럼.

The meadowlark, with his yellow breast and a sort of limping flight, sings into the morning which, in this case, is perfectly blue, lucid, measureless, and without the least bump of wind. The meadowlark is a spirit, and an epiphany, if I so desire it. I need only to hear him to make something fine, even advisory, of the occasion.

And have you made inquiry yet as to what the poetry of this world is about? For what purpose do we seek it, and ponder it, and give it such value?

And also this is true—that if I consider the golden whistler and the song that pours from his narrow throat in the context of evolution, of reptiles, of Cambrian waters, of the body's wish to change, of the body's incredible crafts and efforts, of life's multitudes, of the winners and the losers, I lose nothing of the original occasion, and its infinite sweetness. For this is my skill—I am capable of pondering the most detailed knowledge, and the most fastened-up, impenetrable mystery, at the same time.

들종다리, 절뚝거리듯 날아가는 노란 가슴 새, 아침을 향해 노래하네. 이 아침은 더없이 푸르고, 맑고, 무한하고, 바람 한 점 없네. 들종다리는 하나의 정신, 그리고 내가 염원한다면, 계시도 될 수 있지. 난 그저 들종다리가 이 순간을 좋은 것, 교훈이 되는 것으로 만들어줬으면 좋겠어.

이 세상의 시가 무엇에 대한 것인지 생각해본 적 있어? 우리는 무슨 목적으로 그것을 추구하고, 숙고하고, 그토록 귀중하게 여길까?

그리고 또 하나의 진실—가느다란 목구멍으로 피리 소리 내는 이 금빛 새를 설령 내가 진화, 파충류, 캄브리아기 바다, 몸의 변화 욕구, 몸의 경이로운 기술들과 노력들, 무수한 생물들, 승자들과 패자들이라는 맥락에서 생각한다 하여도 그 본연의 의미, 그 무한한 사랑스러움은 조금도 놓치지 않으리란 것. 내가 가진 재주는—세밀한 지식과 완전히 봉인된 불가해한 신비를 동시에 고려할 줄 아는 것이니까.

3

There is so much communication and understanding beneath and apart from the substantiations of language spoken out or written down that language is almost no more than a compression, or elaboration—an exactitude, declared emphasis, emotion-in-syntax—not at all essential to the message. And therefore, as an elegance, as something almost superfluous, it is likely (because it is *free* to be so used) to be carefully shaped, to take risks, to begin and even prolong adventures that may turn out poorly after all—and all in the cause of the crisp flight and the buzzing bliss of the words, as well as their directive—to make, of the body-bright commitment to life, and its passions, including (of course!) the passion of meditation, an exact celebration, or inquiry, employing grammar, mirth, and wit in a precise and intelligent way. Language is, in other words, not necessary, but voluntary. If it were necessary, it would have stayed simple; it would not agitate our hearts with ever-present loveliness and ever-cresting ambiguity; it would not dream, on its long white bones, of turning into song.

말하거나 쓰는 언어의 실체에 미치지 못하고 그와 동떨어진 소통과 이해가 너무 많다 보니 언어는 메시지에 필수적이지 않은 압축 혹은 정교화—하나의 정밀성, 선언된 강조, 구문 속의 감정—에 지나지 않는 것이 되어가고 있다. 그리하여 고상하고 잉여적인 것으로서 세심하게 빚어지고, 위험을 무릅쓰고, 결과가 좋지 못할 수도 있는 모험을 시작하거나 길게 이어가고—그 모두가 말들의 지시뿐 아니라 힘찬 비상과 들끓는 환희를 위해—삶과 그 열정들(물론! 명상과 정확한 찬양, 혹은 탐구, 명확하고 지적인 방식의 문법과 즐거움, 위트의 구사에 대한 열정을 포함한)을 위해 헌신할 가능성이 크다(왜냐하면 그렇게 이용되어도 무방하니까). 다시 말해, 언어는 필수적인 것이 아니라 자발적인 것이다. 만일 언어가 필수적이었다면 단순함을 유지했을 것이며, 늘 존재하는 사랑스러움과 최고조에 달하는 모호함으로 우리를 동요시키지 않았을 것이다. 그 길고 흰 뼈 위에서 노래로 변신할 꿈을 꾸지 않았을 것이다.

Shelley

When I'm dying,

    and near paradise,

        maybe

            the little boat will come

like a cloud—

    like a wing—

        like a white light burning.

        This morning,

in the actual fog

    beside the rocking sea,

        there was nothing—

            not a sail,

not a soul.

    There was only this—

셸리

내가 죽어,

　　천국에 가까워지면,

　　　　어쩌면

　　　　　　작은 배가 오겠지

구름처럼―

　　날개처럼―

　　　　타오르는 흰빛처럼.

　　　　　　오늘 아침,

진짜 안개 속

　　일렁이는 바닷가,

　　　　아무것도 없었지―

　　　　　　돛 하나,

사람 하나 없었지.

　　단 하나 있었던 건―

an idea.

Beauty

can die all right—

but don't you worry,

from utter darkness—

since opposites are, finally, the same—

comes light's snowy field.

And, as for eternity, what's that

but the collation of all the hours we have known

of sweetness

and urgency?

The boat bounced and sparkled,

then it trembled,

then it shook,

then it lay down on the waves.

I believe in death.

I believe it is the last wonderful work.

So they spilled from the boat,

관념.
　　　아름다움은

그래, 죽을 수 있지—
　　그래도 걱정 말기를,
　　　극과 극은 결국 통하게 마련이라
　　　　칠흑 같은 어둠으로부터

빛의 흰 눈밭 나오리니.
　　그리고, 영원으로 말할 것 같으면,
　　　우리가 보내온 달콤하고 절박한
　　　　시간들의

조합이 아니고 무엇이겠어?
　　배는 튀어 오르고 반짝였지,
　　　그러다 떨었지,
　　　　그러다 흔들렸지,

그러다 물결 위에 누웠지.
　　난 죽음을 믿어.
　　　죽음이 최후의 경이로운 일임을 믿어.
　　　　그렇게 그들은 배에서 쏟아져 나와,

they plunged toward darkness, they drowned.

You know the story.

How the sky flares and grows brighter, all the time!

How time extends!

어둠을 향해 뛰어들었지, 익사했지.

당신도 아는 이야기지.

하늘은 다시 불타오르며 밝아진다네!

시간은 이어진다네!

Maples

The trees have become

suddenly very happy

it is the rain

it is the quick white summer rain

the trees are in motion under it

they are swinging back and forth they are tossing

    the heavy blossoms of their heads

they are twisting their shoulders

even their feet chained to the ground feel good

    thin and gleaming

nobody can prove it but any fool can feel it

they are full of electricity now and the shine isn't just pennies

it pours out from the deepest den

oh pretty trees

    patient   deep-planted

단풍나무

나무들이 갑자기
몹시도 행복해졌어
비가 내려
지나가는 흰 여름비

빗속에서 움직이는 나무들
앞뒤로 흔들리며 무거운 꽃 머리칼 휘날리고
　　어깨 뒤틀고
땅에 묶인 가느다란 발마저
기분 좋게
　　반짝거리지

아무도 그걸 증명할 순 없지만 바보라도 느낄 수 있지
나무들 이제 온통 감전되고 그 반짝거림은 동전이 아니라
깊고 깊은 굴에서 쏟아져 나오지
오 깊이 뿌리 박혀 인내하는
　　어여쁜　　나무들

may you have many such days

flinging your bodies in silver circles shaking your heads

over the swamps and the pastures

rimming the fields and the long roads hurrying by.

부디 많은 날들에

은빛 동그라미들에 몸 던지고

늪과 목초지 너머로 머리 흔들고

서둘러 지나가는 긴 도로와 들판들 가장자리를 장식하기를.

The Osprey

This morning

an osprey

with its narrow

black-and-white face

and its cupidinous eyes

leaned down

from a leafy tree

to look into the lake—it looked

a long time, then its powerful

shoulders punched out a little

and it fell,

it rippled down

into the water—

then it rose, carrying,

물수리

오늘 아침
검은색과 흰색이 섞인
좁다란 얼굴
탐욕스러운 눈을 한

물수리가
잎이 무성한 나무에서
아래로 몸을 기울여
호수를 들여다봤어—한참을

들여다보다가, 힘센
어깨 들썩이더니
하강했어,
파문 일으키며

물속으로 들어가더니—
날씬하고 유연한

in the clips of its feet,

a slim and limber

silver fish, a scrim

of red rubies

on its flashing sides.

All of this

was wonderful

to look at,

so I simply stood there,

in the blue morning,

looking.

Then I walked away.

Beauty is my work,

but not my only work—

later,

when the fish was gone forever

and the bird was miles away,

I came back

은빛 물고기
발끝으로 움켜쥐고

솟아올랐지,
붉은 루비 알들로 뒤덮인
물고기의 반짝이는 옆구리.
이 모든 광경이

경이로운
볼거리였고,
그래서 난 푸른 아침에
거기 서서

보고 있었지.
그러곤 그 자리를 떴어.
아름다움은 나의 일,
하지만 나의 유일한 일은 아니지—

나중에,
물고기는 영원히 사라지고
새는 멀리 날아갔을 때,
난 돌아와서

and stood on the shore, thinking—

and if you think

thinking is a mild exercise,

beware!

I mean, I was swimming for my life—

and I was thundering this way and that way

in my shirt of feathers—

and I could not resolve anything long enough

to become one thing

except this: the imaginer.

It was inescapable

as over and over it flung me,

without pause or mercy it flung me

to both sides of the beautiful water—

to both sides

of the knife.

호숫가에 서서, 생각했지—
만일 당신이
생각을 가벼운 활동으로 생각한다면,
조심하길!

그때 난 필사적으로 헤엄치고 있었으니까—
깃털 셔츠 입고
이리저리 쏜살같이 날아다녔으니까—
나, 무언가가 되겠다는 결심을 오래도록 품어

결국 그 꿈을 이룬 건
단 하나, 상상가.
피할 수 없는 상상이
자꾸자꾸 나를 내던졌지,

쉴 새 없이 무자비하게 내던졌지
아름다운 물 양쪽으로—
칼
양쪽으로.

That Sweet Flute John Clare

That sweet flute John Clare;

that broken branch Eddy Whitman;

Christopher Smart, in the press of blazing electricity;

my uncle the suicide;

Woolf on her way to the river;

Wolf, of the sorrowful songs;

Swift, impenetrable murk of Dublin;

Schumann, climbing the bridge, leaping into the Rhine;

Ruskin, Cowper;

Poe, rambling in the gloom-bins of Baltimore and Rich-
    mond—

light of the world, hold me.

감미로운 피리 존 클레어

감미로운 피리 존 클레어,

부러진 나뭇가지 에디 휘트먼*,

전기의 불꽃으로 활활 타오른 크리스토퍼 스마트,

자살한 나의 삼촌,

강으로 가는 버지니아 울프,

구슬픈 노래 짓는 후고 볼프,

더블린의 짙은 어둠 조너선 스위프트,

다리 위로 올라가, 라인강에 뛰어드는 로베르트 슈만,

존 러스킨, 윌리엄 쿠퍼,

볼티모어와 리치먼드의 음울한 정신병원을 배회하는

　에드거 앨런 포—

세상의 빛, 나를 품어주오.

* 시인 월트 휘트먼의 막냇동생으로 정신적·신체적 장애를 안고 살았던 것으로 전해짐.

Sand Dabs, Three

Six black ibis

step through the black and mossy panels

of summer water.

Six times

I sigh with delight.

Keep looking.

The way a muskrat

in the snick of its teeth can carry

long branches of leaves.

가자미, 셋

검은 따오기 여섯 마리
여름 연못
이끼 덮인 검은 물 위를 걷고 있네.

나, 여섯 번
기쁨의 한숨짓네.

가만히 지켜보네.

이빨 틈새로
긴 풀 줄기 물고 가는
사향쥐.

Small hawks

cleaning their beaks

in the sun.

If you think daylight is just daylight

then it is just daylight.

Believe me these are not just words talking.

This is my life, thinking of the darkness to follow.

Keep looking.

햇살 아래
부리를 닦는
작은 매들.

당신이 햇빛은 그저 햇빛일 뿐이라고 생각한다면
햇빛은 그저 햇빛이지.

지금 나는 그저 말일 뿐인 말을 하고 있는 게 아냐.
이게 내 삶이지, 뒤따를 어둠을 생각하는 것.

가만히 지켜보네.

The fox: his barking, in god's darkness, as of a little dog.
The flounce of his teeth.

Every morning

all those pink and green doors

into the sea.

여우, 신의 어둠 속에서 작은 개처럼 컹컹 짖네.
여봐란 듯 드러낸 이빨.

매일 아침
바다로 통하는
저 모든 분홍과 초록 문들.

Forty Years

for forty years

the sheets of white paper have

passed under my hands and I have tried

    to improve their peaceful

emptiness putting down

little curls little shafts

of letters words

    little flames leaping

not one page

was less to me than fascinating

discursive full of cadence

    its pale nerves hiding

in the curves of the Qs

behind the soldierly Hs

사십 년

사십 년 동안
흰 종이
내 손을 거쳐갔고 나는
　　종이의 평화로운

공백 채우려
구부러지거나 곧게 뻗은
글자들 단어들 써넣었지
　　춤추는 작은 불꽃들

페이지마다
나를 매료했지
리듬감 넘치는 종잡없음
　　Q의 굴곡 안에

절도 있는 H 뒤에
W의 물갈퀴 발에

in the webbed feet of the Ws

    forty years

and again this morning as always

I am stopped as the world comes back

wet and beautiful I am thinking

    that language

is not even a river

is not a tree is not a green field

is not even a black ant traveling

    briskly modestly

from day to day from one

golden page to another.

숨은 창백한 신경
　　사십 년

그리고 나 오늘 아침에도 어김없이
촉촉하고 아름다운 모습으로 돌아온 세상 앞에
걸음 멈추고 생각에 잠기지
　　언어는

강물도 아니고
나무도 아니고 초록 들판도 아니고
검은 개미 또한 아니지만
　　하루 또 하루

금빛 페이지 위를
씩씩하고 겸손하게 나아가지.

Black Snake This Time

lay

under the oak trees

in the early morning,

in a half knot,

in a curl,

and, like anyone

catching the runner at rest,

I stared

at that thick black length

whose neck, all summer,

was a river,

whose body was the same river—

whose whole life was a flowing—

whose tail could lash—

이번엔 검정뱀

이른 아침에
떡갈나무 아래
누워 있었지,
똬리 튼 몸

반쯤 매듭짓고서,
쉬고 있는 그 달리기 선수 발견하면
누구라도 나처럼
가만히 지켜봤겠지,

그 굵고 검고 긴 모습
여름내
한 줄기 강이었던 목
같은 강이었던 몸뚱이—

평생을 흘렀지—
후려칠 수 있는 꼬리—

who, footless, could spin

like a black tendril and hang

upside down in the branches

gazing at everything

out of seed-shaped red eyes

as it swung to and fro,

the tail making its quick sizzle,

the head lifted

like a black spout.

Was it alive?

Of course it was alive.

This was the quick wrist of early summer,

when everything was alive.

Then I knelt down, I saw

that the snake was gone—

that the face, like a black bud,

had pushed out of the broken petals

of the old year, and it had emerged

발 없는 몸으로
검은 덩굴손처럼 돌고

나뭇가지에 거꾸로 매달려
씨앗 모양 붉은 눈으로
모든 걸 지켜보지,
앞뒤로 흔들리며

꼬리로 칙칙 소리 내고
빳빳이 든 머리는
검은 주전자 주둥이 같지.
그 뱀은 살아 있었을까?

물론 살아 있었지.
초여름 날랜 손목의 때라,
만물이 생동했지.
무릎 꿇고 다시 보니

뱀은 가버렸지―
검은 꽃봉오리 같은 그 얼굴
묵은해의 찢어진 꽃잎들
헤치고 지나가, 다시 나타났지

on the hundred hoops of its belly,

the tongue sputtering its thread of smoke,

the work of the pearl-colored lung

never pausing, as it pushed

from the chin,

from the crown of the head,

leaving only an empty skin

for the mice to nibble and the breeze to blow

as over the oak leaves and across the creek

and up the far hill it had gone,

damp and shining in the starlight

like a rollicking finger of snow.

백 개의 둥근 테 감긴 배,
연기처럼 펄럭이는 혀,
쉴 줄 모르는
진주색 허파의 작업,

턱부터,
정수리부터 빠져나가고,
빈 허물만 남아
생쥐에게 갉히고 바람에 실려

떡갈나무 잎들 지나고 개울 건너
먼 언덕 위로 사라졌지,
나부끼는 눈의 손가락처럼
물기 머금고 별빛에 반짝이며.

Morning Walk

Little by little

the ocean

empties its pockets—

foam and fluff;

and the long, tangled ornateness

of seaweed;

and the whelks,

ribbed or with ivory knobs,

but so knocked about

in the sea's blue hands

that their story is at length only

about the wholeness of destruction—

아침 산책

바다가
조금씩

주머니를 비우네—
포말과 털 뭉치,

길게 엉킨
해초 장식,

골이 지고 아이보리색 혹이 달린
쇠고둥,

그러나 바다의 푸른 손에
마구 시달린 그것들

우리에게 들려주는 이야기라야
철저한 파괴에 관한 넋두리뿐—

they come one by one

to the shore

to the shallows

to the mussel–dappled rocks

to the rise to dryness

to the edge of the town

to offer, to the measure that we will accept it,

this wisdom:

though the hour be whole

though the minute be deep and rich

though the heart be a singer of hot red songs

and the mind be as lightning,

what all the music will come to is nothing,

only the sheets of fog and the fog's blue bell—

you do not believe it now, you are not supposed to.

그것들 하나씩 오네
해변으로

얕은 웅덩이로
홍합 덮인 얼룩덜룩한 바위로

건조를 위해 높은 곳으로
우리가 받아들일 수 있을 만큼의 지혜를

전하기 위해 마을로,
그 지혜는

비록 시간은 완전하고
분分은 깊고 풍요롭다 하여도

비록 마음은 뜨거운 붉은 노래 부르고
정신은 번개 같다 하여도,

모든 음악은 결국 물거품이 되고,
안개 장막과 안개의 푸른 종만 남으리니—

당신은 지금 그걸 믿지 않을 거고, 그럴 만도 하지.

You do not believe it yet—but you will—

morning by singular morning,
and shell by broken shell.

아직은 그걸 믿지 않겠지만—믿게 되겠지—

아침 특별한 아침마다,
조개껍데기 깨진 조개껍데기마다.

Rain, Tree, Thunder and Lightning

Clouds rolled

from the west—

then they thickened,

then thunder

bucked and boiled

toward the blown woods—

then lightning

slammed down

and opened the tree—

the way a tooth

would open a flower.

I fell down

in the steaming grass,

in the moss,

비, 나무, 천둥 번개

서쪽에서
흘러온 구름—
짙어지더니,
천둥

바람 부는 숲을 향해
날뛰며 들끓었어—
그러더니 번개
내리꽂아

나무를 열었어—
이빨 하나로
꽃잎 열듯.
나는 쓰러졌어

수증기 피어오르는 풀 속에,
이끼 속에,

in the slow things

I was used to

while the branches snapped,

while they shrieked,

while the tree

spat out its solid heart

all over the ground.

Often enough,

even in easy summer,

I think of death—

how it is known to come

by dark, godforsaken inches.

And then I remember

the wheels of the wind,

the heels of the clouds—

the kick of the gold.

What do I hope for

from brother death?

내게 익숙한
느린 것들 속에

그사이 나뭇가지들이 부러지고,
비명을 질러대고,
나무는
땅 여기저기에

단단한 심장 뻗어냈어.
나,
편안한 여름에도
자주 죽음을 생각하지―

어둠과 황량함 속에서
서서히 맞이하게 된다는 죽음.
그러다 나
바람의 수레바퀴 떠올리지,

구름의 뒤꿈치―
금빛의 도약.
나의 형제 죽음에게
바라는 것은?

May there be no quibbling.

Like the god that he is

may he slide to the ground

on his golden dial;

and there I will be,

for one last moment,

broken but burning,

like a golden tree.

옥신각신하는 일 없기를.
죽음은 신이니까 신답게
금빛 해시계 타고
땅으로 미끄러져 내려오길.

그리고 나 거기서,
마지막 한 순간,
금빛 나무처럼
부러진 채 불타오르리.

The Rapture

All summer

    I wandered the fields

        that were thickening

            every morning,

every rainfall,

    with weeds and blossoms,

        with the long loops

            of the shimmering, and the extravagant—

pale as flames they rose

    and fell back,

        replete and beautiful—

            that was all there was—

and I too

    once or twice, at least,

황홀

여름내
　아침마다
　　무성해져가는
　　　들판 돌아다녔지,

비 내릴 때마다
　풀들과 꽃들
　　긴 고리들
　　　아른아른 빛났지, 화려한 자태 뽐냈지—

불꽃처럼 창백하게 일어나
　충만하고 아름답게
　　스러졌지—
　　　그게 다였어—

그리고 나도
　적어도 한두 번은

felt myself rising,

my boots

touching suddenly the tops of the weeds,

the blue and silky air—

listen,

passion did it,

called me forth,

addled me,

stripped me clean

then covered me with the cloth of happiness—

I think

there is no other prize,

only rapture the gleaming,

rapture the illogical the weightless—

whether it be for the perfect shapeliness

of something you love—

like an old German song—

or of someone—

솟아오르는 기분을 느꼈지,
　　장화가

갑자기 풀 꼭대기에 닿더니
　　푸른 비단 같은 공중으로 떠올랐지—
　　그건 말이야,
　　　열정이 한 일이지,

나를 불러내어
　　혼란에 빠트리고
　　깨끗이 발가벗긴 다음
　　　행복의 천으로 덮었지—

내 생각에
　　달리 얻은 건 없고
　　빛나는 황홀뿐,
　　　비논리 무중력의 황홀—

그 황홀, 당신이 사랑하는 것
　　—이를테면 옛 독일 노래나
　　어떤 사람—의
　　　완벽한 아름다움 때문이든

or the dark floss of the earth itself,

heavy and electric.

At the edge of sweet sanity open

such wild, blind wings.

아니면 전기를 일으키는

땅이라는 검고 무거운 솜뭉치 때문이든.

온전한 정신의 가장자리에서

저 거칠고 맹목적인 날개 펼치지.

Fox

You don't ever know where

a sentence will take you, depending

on its roll and fold. I was walking

over the dunes when I saw

the red fox asleep under the green

branches of the pine. It flared up

in the sweet order of its being,

the tail that was over the muzzle

lifting in airy amazement

and the fire of the eyes followed

and the pricked ears and the thin

barrel body and the four

athletic legs in their black stockings and it

came to me how the polish of the world changes

everything, I was hot I was cold I was almost

dead of delight. Of course the mind keeps

cool in its hidden palace—yes, the mind takes

여우

하나의 문장이 굽이진 길 따라

우리를 어디로 데려갈지

알 수가 없어. 나는 모래언덕을 넘다가

초록 소나무 아래

잠들어 있는

붉은여우를 보았지. 여우는 존재의 달콤한 질서 안에서

눈부시게 불타오르고 있었어,

살짝 놀라

주둥이 위로 치켜든 꼬리

그다음엔 불타는 눈

그리고 쫑긋 선 귀와 가느다란

몸통과 검은 스타킹 신은

육상선수의 네 다리

세상의 광택이 모든 걸 바꾼다는

깨달음을 얻은 나, 뜨거웠고 차가웠고

기쁨에 겨워 죽을 것 같았지. 물론 정신은

숨겨진 궁전에서 냉정을 지키지—그래, 행복보다

a long time, is otherwise occupied than by

happiness, and deep breathing. Still,

at last, it comes too, running

like a wild thing, to be taken

with its twin sister, breath. So I stood

on the pale, peach-colored sand, watching the fox

as it opened like a flower, and I began

softly, to pick among the vast assortment of words

that it should run again and again across the page

that you again and again should shiver with praise.

다른 것에 전념하는 정신은 긴 시간을, 그리고
깊은 호흡을 요하지. 그래도,
결국, 정신도 오지, 야생의 것처럼
달려서, 쌍둥이 자매인 숨결에 매료되어. 그리하여 나
창백한 복숭아색 모래 위에 서서, 꽃처럼 피어나는
여우를 바라보다, 무수한 말 중에서
거듭거듭 페이지를 가로지를 말
거듭거듭 당신을 감동에 떨게 할 말
조용히 고르기 시작했지.

Gratitude

I was walking the field,

in the fatness of spring

the field was flooded with water, water stained black,

black from the tissues of leaves, oak mostly, but also

beech, also

blueberry, bay.

Then the big hawk rose. In her eyes

I could see how thoroughly she

hated me. And there was her nest, like a round raft

with three white eggs in it, just

above the black water.

감사

나, 들판을 걷고 있었어,
봄의 풍요 속에서
들판은 물에 잠겨 있었지, 검게 얼룩진 물,
검은 얼룩은 나뭇잎들, 거의 떡갈나무 잎이지만,
너도밤나무 잎도 있었지, 그리고
블루베리, 월계수 잎도.

그때 커다란 매가 날아올랐어. 그 눈을 보니
나를 얼마나 증오하는지
알 수 있겠더군. 거기 어미 매의 둥지가 있었던 거지,

검은 물 위 둥근 뗏목처럼 떠 있는 그 둥지에

흰 알이 세 개 있었지.

She floats away

climbs the invisible air

on her masculine wings

then glides back

agitated responsible

climbs again angry

does not look at me.

Halfway to my knees

in the black water

I look up

I cannot stop looking up

how much time has passed

I can hardly see her now

swinging in that blue blaze.

어미 매는 남성적인 날개로
보이지 않는 공기를 기어올라
사라졌다가

불안과 책임감을 안고

미끄러지듯 날아 돌아오더니
성난 모습으로 다시 기어오르네

나를 보지도 않고.

검은 물에
정강이까지 잠긴 나
위를 올려다보네

계속 위를 올려다보지 않을 수 없어

시간이 얼마나 흘렀는지
이제 푸른 불길 속에서 흔들리는 매

거의 보이지 않네.

There are days when I rise from my desk desolate.

There are days when the field water and the slender grasses

and the wild hawks

have it all over the rest of us

whether or not they make clear sense, ride the beautiful

long spine of grammar, whether or not they rhyme.

나, 적막한 책상에서 일어나는 날들이 있지.
들판의 물과 가느다란 풀들과 야생의 매들이
　　나머지 우리 모두를
능가하는 날들

그들이 분명한 의미를 지니는지, 길고 아름다운 문법의 척추를
타고 있는지, 운율이 맞는지에 관계없이.

Little Summer Poem Touching
the Subject of Faith

Every summer
    I listen and look
        under the sun's brass and even
            in the moonlight, but I can't hear

anything, I can't see anything—
    not the pale roots digging down, nor the green stalks
        muscling up,
           nor the leaves
                deepening their damp pleats,

nor the tassels making,
    nor the shucks, nor the cobs.
        And still,
            every day,

the leafy fields

믿음에 대해 이야기하는 작은 여름 시

여름이면 나
　놋쇳빛 태양 아래에서
　　달빛 속에서
　　　귀 기울이지만, 보려 하지만,

아무것도 들리지 않아, 아무것도 보이지 않아—
　아래로 뻗어 내려가는 창백한 뿌리도, 위로 밀고 올라가는
　　초록 줄기도,
　　　촉촉한 주름 깊어져가는
　　　　잎사귀도,

수술도,
　껍질도, 속대도.
　　그래도
　　　날마다

녹음 우거진 들판

grow taller and thicker—

green gowns lofting up in the night,

showered with silk.

And so, every summer,

I fail as a witness, seeing nothing—

I am deaf too

to the tick of the leaves,

the tapping of downwardness from the banyan feet—

all of it

happening

beyond all seeable proof, or hearable hum.

And, therefore, let the immeasurable come.

Let the unknowable touch the buckle of my spine.

Let the wind turn in the trees,

and the mystery hidden in dirt

swing through the air.

How could I look at anything in this world

and tremble, and grip my hands over my heart?

높아지고 짙어지지—
　　밤이면 초록 드레스들
　　　　실크로 휘감고 우뚝 솟지.

그리하여, 나, 여름마다
　　아무것도 보지 못하고 목격자로서 실패하지—
　　　　나뭇잎의 고동 소리
　　　　　　반얀나무 발이 땅을 두드리는 소리도

들을 수 없지—
　　그 모든 게
　　　　눈에 보이는 증거, 귀에 들리는 작은 소리
　　　　　　너머에서 일어나지.

그러니, 무한한 것 오라고 해.
　　미지의 것 내 구부러진 등뼈 만지라고 해.
　　　　바람은 나무들 사이로 돌고,
　　　　　　흙 속에 숨겨진 신비

허공으로 날아가라고 해.
　　어떻게 나는 이 세상의 아무것이나 보고
　　　　전율하며 가슴 위로 두 손 모아 쥘 수 있을까?

What should I fear?

One morning
in the leafy green ocean
the honeycomb of the corn's beautiful body
is sure to be there.

난 무엇을 두려워해야 할까?

어느 아침
  녹음 우거진 초록 바다
    벌집 이룬 옥수수의 아름다운 몸
    분명코 거기 있지.

Dogs

Over

the wide field

the dark deer

went running,

five dogs

screaming

at his flanks,

at his heels,

my own two darlings

among them

lunging and buckling

with desire

개들

넓은 들판
너머로

검은 사슴이
달려갔어,

개 다섯 마리
사슴 옆에서

뒤에서
짖어댔어,

나의 사랑스러운 개 두 마리도
거기 섞여

욕망에 차서
덤벼들고 격투 벌였지,

as they leaped

for the throat

as they tried

and tried again

to bring him down.

At the lake

the deer

plunged—

I could hear

the green wind

of his breath

tearing

but the long legs

never stopped

till he clambered

사슴 목을 향해
뛰어오르고

사슴을 쓰러뜨리려
공격하고

또 공격했지.
호수에서

사슴이
물에 뛰어들었어—

초록빛 바람 같은
사슴의 숨소리가

갈가리
찢겼지만

그 긴 다리들은
멈추지 않았어,

반대편 기슭으로

up the far shore.

The dogs
moaned and screeched

they flung themselves
on the grass

panting
and steaming.

It took hours
but finally

in the half-drowned light
in the silence

of the summer evening
they woke

from fitful naps,
they stepped

기어오를 때까지.

개들은
낑낑대며 울부짖었지

풀밭에
몸을 던지고

헐떡거리며
열기 내뿜었지.

몇 시간이 걸리긴 했지만
결국

여름 저녁
반쯤 이운 빛 속에서

정적 속에서
불안한 낮잠에서 깬

개들
예전의 착한 모습으로

in their old good natures

toward us

look look

into their eyes

bright as planets

under the long lashes

here is such happiness when you speak their names!

here is such unforced love!

here is such shyness such courage!

here is the shining rudimentary soul

here is hope retching, the world as it is

here is the black the red the bottomless pool.

우리에게
돌아왔어,

긴 속눈썹 아래
행성처럼 빛나는

개들의 눈을
봐 들여다봐

당신이 이름을 불러주면 그 눈에 행복이 넘치지!
그 눈엔 자연스럽게 우러난 사랑 가득하지!

수줍음과 용기도 가득하지!
그 눈엔 빛나는 원시의 영혼이

구역질하는 희망이, 있는 그대로의 세상이,
검정이 빨강이 바닥 모를 웅덩이가 있지.

At the Shore

This morning

    wind that light-limbed dancer was all

        over the sky while

            ocean slapped up against

                the shore's black-beaked rocks

row after row of waves

    humped and fringed and exactly

different from each other and

    above them one white gull

        whirled slant and fast then

           dipped its wings turned

                in a soft and descending decision its

leafy feet touched

    pale water just beyond

breakage of waves it settled

    shook itself opened

        its spoony beak cranked

해변에서

오늘 아침
　　바람이 사뿐사뿐 춤추며
　　　　온 하늘 누비고
　　　　　　바다는 해변의 검은 부리 바위들
　　　　　철썩철썩 때렸지
줄지어 밀려드는 파도
　　혹 달리고 술 장식 달린
저마다 다른 생김새
　　파도 위 흰 갈매기 한 마리
　　　　빠른 속도로 비스듬히 선회하다
　　　　　날개 아래로 향하고
　　　　　　　부드럽게 하강하여
나뭇잎 같은 발
　　창백한 물에 닿았지
부서지는 파도 바로 위에 자리 잡고
　　흔들리며
　　　펌프 모양으로 구부러진

like a pump. Listen!

        Here is the white and silky trumpet of nothing.

Here is the beautiful Nothing, body of happy,

    meaningless fire, wildfire, shaking the heart.

수저 같은 부리 벌렸지. 들어봐!

여기 비단결처럼 매끄럽고 흰 무無의 나팔이

있어.

여기 아름다운 무가 있어, 행복하고 무의미한 불의 몸체,

마음을 뒤흔드는 야생의 불.

At Great Pond

At Great Pond

the sun, rising,

scrapes his orange breast

on the thick pines,

and down tumble

a few orange feathers into

the dark water.

On the far shore

a white bird is standing

like a white candle—

or a man, in the distance,

in the clasp of some meditation—

while all around me the lilies

are breaking open again

그레이트 연못에서

그레이트 연못에
해 떠오르네,
오렌지빛 가슴
무성한 소나무에 긁혀,

오렌지빛 깃털 몇 개
검은 물속으로
굴러떨어지네.
맞은편 기슭에

흰 새 한 마리
흰 초처럼 서 있네—
어쩌면 사람일지도 몰라,
멀리서 명상에 잠긴—

한편 내 주위에선
수련이 다시 피어나네,

from the black cave

of the night.

Later, I will consider

what I have seen—

what it could signify—

what words of adoration I might

make of it, and to do this

I will go indoors to my desk—

I will sit in my chair—

I will look back

into the lost morning

in which I am moving, now,

like a swimmer,

so smoothly,

so peacefully,

I am almost the lily—

almost the bird vanishing over the water

on its sleeves of light.

밤의
검은 동굴에서.

나중에, 나 곰곰이 생각하겠지
내가 본 것에 대해—
그 의미에 대해—
그것으로 어떤 예찬의 글

지을 수 있을까, 그러기 위해선
실내에 있는 내 책상으로 가야겠지—
의자에 앉아야겠지—
지금 내가 헤엄치듯,

몹시도 부드러이
몹시도 평화로이
움직이고 있는
잃어버린 아침

돌아보겠지,
지금 난 수련에 가까워—
빛의 소매 달고
물 위로 사라지는 새에 가까워.

2
서쪽 바람

WEST WIND

1

If there is life after the earth-life, will you come with me?
Even then? Since we're bound to be something, why not
together. Imagine! Two little stones, two fleas under the
wing of a gull, flying along through the fog! Or, ten blades
of grass. Ten loops of honeysuckle, all flung against each
other, at the edge of Race Road! Beach plums! Snowflakes,
coasting into the winter woods, making a very small sound,
like this

soooooooooooooooooooooooooooooooooooooooooooooooo

as they marry the dusty bodies of the pitch-pines. Or, rain—
that gray light running over the sea, pocking it, lacquering
it, coming, all morning and afternoon, from the west wind's
youth and abundance and jollity—pinging and jangling

서쪽 바람

1

내생이라는 게 있다면, 나와 함께 갈래? 그때까지도? 우
리가 무언가가 되어야 한다면, 함께인 게 좋겠지. 상상
해봐! 작은 돌멩이 두 개, 갈매기 날개 아래 붙어 안개
를 헤치고 날아가는 벼룩 두 마리! 아니면, 풀잎 열 장.
레이스로드* 가장자리에 뒤엉켜 있는 인동덩굴 열 줄기!
해변자두! 겨울 숲으로 미끄러지듯 날아들어 먼지 빛깔
리기다소나무와 결합하며 아주 조그맣게

소오오오오오오오오오오오오오오오오오오오오

소리 내는 눈송이들. 아니면, 바다 위로 내달리며 수면
에 마맛자국 내고 래커 칠하는 회색의 빛, 비. 오전내 그
리고 오후까지, 서쪽 바람의 젊음과 풍부함, 즐거움에서

* Race Road, 프로빈스타운의 도로 이름.

153

down upon the roofs of Provincetown.

2

You are young. So you know everything. You leap
into the boat and begin rowing. But, listen to me.
Without fanfare, without embarrassment, without
any doubt, I talk directly to your soul. Listen to me.
Lift the oars from the water, let your arms rest, and
your heart, and heart's little intelligence, and listen to
me. There is life without love. It is not worth a bent
penny, or a scuffed shoe. It is not worth the body of a
dead dog nine days unburied. When you hear, a mile
away and still out of sight, the churn of the water
as it begins to swirl and roil, fretting around the
sharp rocks—when you hear that unmistakable
pounding—when you feel the mist on your mouth
and sense ahead the embattlement, the long falls
plunging and steaming—then row, row for your life
toward it.

나와 프로빈스타운의 지붕들을 탁탁 두드려대는 비.

2

넌 젊어. 그래서 모르는 게 없지. 넌 배로 뛰어들어 노를 젓기 시작하지. 하지만 내 말을 들어봐. 팡파르도, 곤혹스러움도, 그 어떤 의심도 없이 너의 영혼에 직접 말할 테니. 내 말을 들어봐. 물에서 노를 거두어 너의 두 팔을, 마음을, 너의 미약한 지성을 쉬게 하고, 내 말을 들어봐. 사랑 없는 삶도 있어. 그런 삶은 찌그러진 동전, 닳아 빠진 신발만큼의 가치도 없지. 아흐레나 땅에 묻지 않은 개 사체만큼의 가치도 없지. 1마일쯤 떨어진, 아직 눈에 보이지 않는 곳에서 물이 날카로운 바위들 둘러싸고 안달하며 소용돌이치고 요동치기 시작하는 소리 들리면—그 분명한 포효가 들리면—입술에 물안개가 느껴지고 높은 절벽을, 수증기 내뿜으며 떨어지는 긴 폭포를 예감할 수 있다면—그럼 그곳을 향해 필사적으로 노를 저어, 저어.

3

And the speck of my heart, in my shed of flesh
and bone, began to sing out, the way the sun
would sing if the sun could sing, if light had a
mouth and a tongue, if the sky had a throat, if
god wasn't just an idea but shoulders and a spine,
gathered from everywhere, even the most distant
planets, blazing up. Where am I? Even the rough
words come to me now, quick as thistles. Who
made your tyrant's body, your thirst, your delv-
ing, your gladness? Oh tiger, oh bone-breaker,
oh tree on fire! Get away from me. Come closer.

4

But how did you come burning down like a
wild needle, knowing
just where my heart was?

3

나의 살과 뼈로 지어진 오두막에 사는 마음 한
조각 노래하기 시작했지, 만일 태양이 노래할 수
있었다면 그렇게 노래했겠지, 빛이 입과 혀를 가
졌다면, 하늘이 목구멍을 가졌다면, 신이 그저
하나의 관념이 아니라 어깨와 등뼈라면, 모든 곳
에서 모여든, 심지어 불타오르는 머나먼 행성들
에서도. 나는 어디 있는가? 지금 거친 말들이 엉
겅퀴처럼 빠르게 내게로 와. 누가 너의 폭군의
몸, 갈망, 탐구, 즐거움을 만들었을까? 오, 호랑이
여, 오, 힘든 일이여, 오, 불타는 나무여! 나에게
서 떨어져. 가까이 와.

4

하지만 넌 어떻게
내 마음이 어디 있는지 알고
바늘잎처럼 불탈 수 있었지?

5

There are night birds, in the garden below us, singing.
Oh, listen!
For a moment I thought it was
our own bodies.

6

When the sun goes down
the roses
fling off their red dresses
and put on their black dresses

the wind is coming
over the sandy streets
of the town called moonlight

with his long arms
with his silver mouth
his hands

5

우리 아래에 있는 정원에서 밤새들이 노래하고 있어.
오, 들어봐!
순간 난 그게
우리 몸이라고 생각했어.

6

해가 지면
장미는
붉은 드레스 벗어 던지고
검은 드레스 입지

바람이 오고 있어
달빛이라고 불리는 마을의
모랫길들 위로

바람의 긴 팔
은빛 입
손

humorous at first

then serious

then crazy

touching their faces their dark petals

until they begin rising and falling:

the honeyed seizures.

All day they have been busy being roses

gazing responsible over the sand

into the sky into the blue ocean

so now why not

a little comfort

a little rippling pleasure.

You there, puddled in lamplight at your midnight desk—

you there, rewriting nature

so anyone can understand it—

처음엔 익살스러웠다가

그다음엔 진지해졌다가

그다음엔 미쳐서

장미의 얼굴 그 검은 꽃잎들 만져

펄럭이게 만들지,

달콤한 발작.

장미는 온종일 장미로서

책임감 갖고 모래 위를 하늘을

푸른 바다를 살펴보느라 바빴으니

이제

작은 안락

기쁨의 잔물결 누리지 못할 것도 없지.

거기 너, 한밤중 불 밝힌 책상에 혼란스러운 마음으로 앉아

누구든 자연을 이해할 수 있도록

자연을 다시 쓰고 있는, 거기 너―

what will you say about the roses—

their sighing, their tossing—

and the want of the heart,

and the trill of the heart,

and the burning mouth

of the wind?

7

We see Bill only occasionally, when we stop by the antique shop that's on the main hot highway to Charlottesville. Usually he's alone—his wife is dead—but sometimes his son will be with him, or idling just outside in the yard. Once M. bought a small glass ship from the boy, it had chips of colored glass for sails and cost two dollars, the boy was greatly pleased.

Today Bill tells us—for a mockingbird has begun to sing— how a friend came during the summer and filled a bowl with fruit from the cherry tree. Then, leaving the bowl on the stoop, he went inside to sit with Bill at the kitchen table. To-

장미에 대해 무얼 말할 거지—

장미의 한숨, 나부낌—

그리고 마음의 결핍,

그리고 마음의 트릴,

그리고 바람의

불타는 입?

7

우린 빌을 아주 가끔 만나. 샬러츠빌 가는 큰 고속도로 변 골동품점에 들를 때. 빌의 아내는 죽었고 대개 그 혼자 가게를 지키지만—가끔 아들이 함께 있거나 가게 앞 마당에서 놀고 있지. 한번은 M이 그 아이에게 유리로 만든 작은 배를 샀는데, 색유리 돛이 달린 2달러짜리 배였지. 아이는 무척 기뻐했어.

오늘은 마침 흉내지빠귀가 노래를 부르기 시작해서 빌이 우리에게 말해주기를, 여름에 친구가 놀러 와 체리를 따다가 그릇에 가득 담아놨대. 그 친구는 체리 그릇을 현관 계단에 두고 안으로 들어가 빌과 함께 식탁에 앉았대. 빌과

gether Bill and his friend watched the mockingbird come to the bowl, take the cherries one by one, fly back across the yard and drop them under the branches of the tree. When the bowl was empty the bird settled again in the leaves and began to sing vigorously.

At the back of the shop and here and there on the dusty shelves are piled the useless broken things one couldn't ever sell—bits of rusty metal, and odd pieces of china, a cup or a plate with a fraction of its design still clear: a garden, or a span of country bridge leading from one happiness or another, or part of a house. Once Bill told us, almost shyly, how much the boy is coming to resemble his mother. Through the open window we can hear the mockingbird, still young, still lucky, wild beak kissing and chuckling as it flutters and struts along the avenue of song.

8

The young, tall English poet—soon to die, soon to sail on his small boat into the blue haze and then the

친구가 지켜보는 가운데 흉내지빠귀가 그릇으로 다가가 체리를 하나씩 물어 마당을 가로질러 날아가서 나뭇가지 아래 떨어뜨렸대. 그릇이 비자 그 새는 다시 나무에 앉아 힘차게 노래했대.

가게 구석과 먼지가 뽀얗게 앉은 선반들 여기저기에 팔리지 않은 쓸모없고 망가진 물건들이 쌓여 있어—녹슨 쇠붙이, 짝이 맞지 않는 도자기, 일부 무늬(정원, 하나의 행복에서 또 하나의 행복으로 이어지는 시골 다리, 집)가 아직 선명하게 남아 있는 컵이나 접시. 한번은 빌이 우리에게 아들이 죽은 제 엄마를 쏙 빼닮았다고 수줍게 말했어. 열린 창문으로 흉내지빠귀 소리가 들려와. 아직 젊고, 아직 운이 좋은 흉내지빠귀가 야생의 부리로 키스하고 웃으며 노래의 길을 퍼덕거리고 뽐내며 걸어가는 소리.

8

그 젊고 키 큰 영국 시인*—곧 죽음을 맞이할 자, 작

* 퍼시 비시 셸리. 이 시에 영감을 준 「서풍에 부치는 노래Ode to the West Wind」를 지었음.

storm and then under the gray waves' spinning thresh-old—went over to Pisa to meet a friend; met him; spent with him a sunny afternoon. I love this poet, which means nothing here or there, but is like a garden in my heart. So my love is a gift to myself. And I think of him, on that July afternoon in Pisa, while his friend Hunt told him stories pithy and humorous, of their friends in England, so that he began to laugh, so that his tall, lean body shook, and his long legs couldn't hold him, and he had to lean up against the building, seized with laughter, abundant and unstoppable; and so he leaned in the wild sun, against the stones of the building, with the tears flying from his eyes—full of foolishness, howling, hanging on to the stones, crawl-ing with laughter, clasping his own body as it began to fly apart in the nonsense, the sweetness, the intelli-gence, the bright happiness falling, like tiny gold flow-ers, like the sunlight itself, the lilt of Hunt's voice, on this simple afternoon, with a friend, in Pisa.

은 배 타고 푸른 연무를, 그다음엔 폭풍을, 그다음
엔 선회하는 잿빛 파도의 문턱을 지나게 될 자—친
구를 만나러 피사에 갔지. 친구를 만나 화창한 오후
를 함께 보냈지. 나는 이 시인을 사랑하고, 그건 여
기서든 저기서든 아무 의미도 없지만 내 마음속 정
원과도 같지. 그러니 내 사랑은 자신에게 주는 선물.
그래서 난 그 7월 오후 피사에서의 그를 생각해. 그
의 친구 헌트가 영국 친구들에 대해 뼈 있는 농담
을 하자 그는 웃기 시작했지. 도저히 웃음을 주체할
수 없었지. 호리호리한 몸이 흔들리고 긴 다리가 몸
을 지탱하지 못해 건물에 기대야만 했지. 그래서 그
는 이글거리는 태양 아래 눈물이 나도록 웃으며 석
조 건물에 기대어 있었지—어리석음에 가득 차서
돌벽을 붙잡고 요란하게 포복절도하며 자신의 몸을
움켜쥐었지. 그 농담, 다정함, 지성, 작디작은 금빛
꽃처럼 햇살 그 자체처럼 떨어져 내리는 눈부신 행
복에 온몸이 산산이 흩어져버릴 것만 같았지. 헌트
의 경쾌한 목소리, 피사에서 친구와 함께 보내는 단
순한 오후.

9

And what did you think love would be like?
A summer day? The brambles in their places,
and the long stretches of mud? Flowers in every
field, in every garden, with their soft beaks and
their pastel shoulders? On one street after an-
other, the litter ticks in the gutter. In one room
after another, the lovers meet, quarrel, sicken,
break apart, cry out. One or two leap from
windows. Most simply lean, exhausted, their
thin arms on the sill. They have done all that
they could. The golden eagle, that lives not far
from here, has perhaps a thousand tiny feathers
flowing from the back of its head, each one
shaped like an infinitely small but perfect spear.

10

Dark is as dark does.

넌 사랑이 어떨 거라고 생각했어? 여름날? 제
자리에 선 검은딸기나무? 길게 뻗은 진창? 들
판마다, 정원마다 핀 보드라운 부리와 파스텔
색 어깨를 가진 꽃들? 거리마다 시궁창에 쓰레
기 떠다니지. 방마다 연인들 만나고, 다투고, 넌
더리 내고, 헤어지고, 울부짖지. 한두 사람은
창문에서 뛰어내리기도 하지. 대부분은 그저
야위고 지친 모습으로 창턱에 앙상해진 팔을
기대지. 그들은 할 수 있는 건 다 해본 거야. 여
기서 멀지 않은 곳에 사는 검독수리는, 뒤통수
에 천 올쯤 되는 가느다란 깃털들이 휘날리는
데, 한 올 한 올이 아주 작으면서도 완벽한 창
처럼 생겼어.

10

어둠은 어둠다운 일을 하지.

Something with the smallest wings shakes itself

from under a thumb of bark.

The ocean breathes in its silver jacket.

Outside, hanging on the trellis, in the moonlight,

the flowers are opening, each one

as fancy in its unfurl as a difficult thought.

So we cross the dark together.

Outside: the almost liquid beauty of the flowers.

작디작은 날개를 지닌 무언가가
나무껍질의 엄지손가락 아래서 떨고 있어.

바다는 은빛 재킷을 입고 숨을 쉬어.

밖에서는, 달빛 아래, 격자에 매달려,
　　꽃들이 피어나,
저마다 어려운 생각처럼 멋지게 펼쳐져.

그렇게 우리는 함께 어둠을 건너지.

밖에서는, 액체에 가까운 아름다움 지닌 꽃들.

Now the linnets wake.

Now the pearls of their voices are falling

in the morning light.

Did we sleep long? Is it this life still, or

is it the next life, already? Are we gone, then?

Are we there?

How will we ever know?

11

Now only the humorous shadows that the moon

makes, playing the corners of furniture, flung and

dropped clothing, the backs of books, the architecture

이제 홍방울새가 깨어나.

이제 진주알 같은 홍방울새 노랫소리

　　아침 햇살 속에서 내려와.

우리 긴 잠을 잔 걸까? 아직 현생일까, 아니면

이미 내세일까? 그럼, 우린 떠난 건가?

거기 있는 건가?

우리가 그걸 어찌 알겠어?

11

이제 달이 만드는 익살스러운 그림자만이 가구 모
서리에서, 벗어 던진 옷가지에서, 책등에서, 전자
제품에서 노닐고 있어. 평평했다가 살짝 솟은 침

of electronics, and so on. The bed that level and soft rise is empty. We are gone.

So, say that dreams, possibilities, emotions, while we are gone from the house, take shape. Say there are thirty at least, one to represent each year, and more leaning in the doorway between the slope of the beach and the pale walls of the rooms, just moon-gazing for a moment or two, before they come into that starry garden, our house at night.

Some of those thirty are as awkward as children, romping and gripping. Others have become birds, clouds, trees dipping their heart-shaped leaves, that long song. Here and there a face that won't trans-form—eyes of stone, expressions of pettiness and sulk. And now it is winter, and in the black air the snow is falling in its own sweet leisure, for its own reasons. And now the snow has deepened, and created form: two white ponies. How they gallop in the waves. How they steam, and turn to look for each other. How they love the clouds and the tender,

대는 비어 있어. 우린 떠났지.

그러니, 우리가 그 집에서 떠난 사이 꿈, 가능성, 감정 그런 것들이 형태를 갖춘다고 해. 저마다 한 해를 나타내는 그것들이 적어도 서른 개, 아니 그 이상이고, 해변의 비탈과 방의 희끄무레한 벽들 사이 문간에 기대어 밤의 우리 집이라는 별빛 반짝이는 정원으로 들어오기 전, 잠시 달을 응시한다고 해.

서른 중 일부는 아이들처럼 제멋대로 뛰놀며 관심을 끌지. 나머지는 새가 되고, 구름이 되고, 하트 모양 잎사귀를, 그 긴 노래를 떨구는 나무가 되지. 여기저기에 변하지 않는 얼굴—돌 같은 눈, 옹졸하고 부루퉁한 표정. 지금은 겨울이고, 검은 허공에 눈발이 날리고 있어. 눈발 특유의 기분 좋은 느긋함과 나름의 이유를 갖고서. 이제 눈이 높이 쌓이며 형상을 만들었어. 흰 조랑말 두 마리. 말들이 눈의 파도를 헤치고 뛰어다녀. 입김 뿜어내며 달리다 서로를 찾아 돌아보기도 하지. 말들은 구름과 부드럽고 긴 풀, 지평선과 언덕들을 사랑하지. 말들은 코를 비벼대고, 울기도 하고, 목초지

long grass and the horizons and the hills. How they nuzzle, how they nicker, how they reach down, at the unclosable spring in the notch of the pasture, to be replenished.

12

The cricket did not actually seek the hearth, but the thicket of carpet beneath the refrigerator. The whirring above was company, and from it issued night and day the most prized gift of the gods: warmth. Especially in the evenings the cricket was happy, and sang. Later, in the night, it crept out. There was not a single night when it did not find, sooner or later, a sweet crumb, and a small plump seed of some sort between the floorboards. Thus, it got used to hope. It revised altogether its idea of what the world was like, and of what was going to happen next, or, even, eventually. It thought: how sufficient are these empty rooms!

골짜기에 있는 닫히지 않는 샘에서 고개 숙여 물
을 마시지.

12

귀뚜라미는 사실 난로가 아니라 냉장고 밑 카
펫 덤불을 찾아든 거였어. 위에서 울리는 위잉
소리와 친구 되었고, 거기서 밤낮으로 신의 가
장 귀중한 선물이 나왔지. 온기. 특히 저녁때면
귀뚜라미는 행복해서 노래를 불렀어. 그리고 밤
이 되면 냉장고 밑에서 기어 나왔어. 귀뚜라미
는 매일 밤 마루 틈새에서 달콤한 부스러기를,
작고 통통한 씨앗을 발견할 수 있었지. 그렇게
희망에 익숙해져갔어. 그러다 보니 세상을 보는
눈도, 다음에 무슨 일이 일어날 것인지, 아니 심
지어 결국 어떻게 될 것인지에 대한 견해조차도
완전히 바뀌었지. 귀뚜라미의 생각―이 빈방들
은 얼마나 풍족한가! 이런 생각도 했지. 나는 아
직 여기 있다. 내 검은 옷 입고서 따뜻하고 만족
스러운 상태로. 귀뚜라미는 검은 허벅지에서 작
은 음악을 뽑아냈어. 냉장고 밑 황혼 지대가 세

It thought: here I am still, in my black suit,
warm and content—and drew a little music
from its dark thighs. As though the twilight
underneath the refrigerator were the world. As
though the winter would never come.

13

It is midnight, or almost.
Out in the world the wind stretches
bundles back into itself like a hundred
bolts of lace then stretches again

flows itself over the windowsill and into the room

it scatters the papers from the desk
    it is in love with disorganization

now the manuscript is on the floor, and reshuffled
now the chapters have married each other
now the alphabet is lost

상인 것처럼. 겨울이 영원히 오지 않을 것처럼.

13

자정이 다 되었을 거야.
바깥세상에서 바람이 백 필은 되는 레이스 두루마리처럼
길게 펼쳐졌다가 도로 감겼다가
또다시 펼쳐지며

창턱을 넘어 방으로 흘러들어 와

책상 위 종이들을 흩어놓네
　　바람은 흐트러짐을 좋아해

이제 방바닥에 떨어진 원고, 마구 뒤섞여
이제 챕터들이 서로 결합하고
이제 알파벳이 길을 잃었어
이제 흰 커튼이 연거푸 날개를 펄럭이고
이제 바람이 날랜 몸 움직여

옷장 속 냄새도 쿵쿵 맡고 코트 주머니도 뒤져보고

now the white curtains are tossing wing on wing

now the body of the wind snaps

it sniffs the closet it touches into the pockets of the coats

it touches the shells upon the shelves

it touches the tops of the books

it slides along the walls

now the lamplight wavers

as the body of the wind swings over the light

outside a million stars are burning

now the ocean calls to the wind

now the wind like water slips under the sash

into the yard the garden the long black sky

in my room after such disturbance I sit, smiling.

I pick up a pencil, I put it down, I pick it up again.

I am thinking of you.

I am always thinking of you.

선반 위 조개껍데기도 만져보고
책들 머리도 쓰다듬고
벽을 따라 미끄러지기도 하지

이제 바람이 전등을 흔들어
불빛 너울거리고
바깥에선 백만 개 별들이 빛나고 있어
이제 바다가 바람을 부르고

이제 바람은 물처럼 창문으로
마당으로 정원으로 긴 검은 하늘로 흘러가지

나, 바람이 휩쓸고 지나간 방에 앉아, 미소 지어.
나, 연필을 집었다가, 내려놓았다가, 다시 집어 들어.
나, 너를 생각하고 있어.
나, 늘 너를 생각해.

Have You Ever Tried to Enter
the Long Black Branches

Have you ever tried to enter the long black branches
    of other lives—
tried to imagine what the crisp fringes, full of honey,
    hanging
from the branches of the young locust trees, in early summer,
    feel like?

Do you think this world is only an entertainment for you?

Never to enter the sea and notice how the water divides
    with perfect courtesy, to let you in!
Never to lie down on the grass, as though you were the grass!
Never to leap to the air as you open your wings over
    the dark acorn of your heart!

No wonder we hear, in your mournful voice, the complaint
    that something is missing from your life!

검고 긴 나뭇가지들 사이로 들어가본 적 있어

다른 생명체의 검고 긴 가지들 사이로
　　들어가본 적 있어?
초여름, 젊은 아카시아나무 가지에
　　매달린
꿀 가득 품은 고불고불한 술 장식이 어떤 느낌일지
　　상상해본 적 있어?

이 세상이 너에게 그저 즐거움만을 선사한다고 생각해?

바다에 들어갈 때는, 물이 너를 받아들이기 위해
　　완벽한 예의를 갖추어 갈라지는 것에 주목하기를!
풀에 누울 때는, 스스로 풀이 되기를!
공중에 뛰어오를 때는, 너의 심장이라는 검은 도토리 위로
　　날개를 활짝 펼치기를!

무언가 결여된 삶을 살고 있다고 한탄하는 너의 슬픈 목소리가
　　우리 귀에 들리는 것도 놀라운 일은 아니지!

Who can open the door who does not reach for the latch?

Who can travel the miles who does not put one foot

in front of the other, all attentive to what presents itself

continually?

Who will behold the inner chamber who has not observed

with admiration, even with rapture, the outer stone?

Well, there is time left—

fields everywhere invite you into them.

And who will care, who will chide you if you wander away

from wherever you are, to look for your soul?

Quickly, then, get up, put on your coat, leave your desk!

To put one's foot into the door of the grass, which is

the mystery, which is death as well as life, and

not be afraid!

To set one's foot in the door of death, and be overcome

with amazement!

걸쇠에 손대지 않고 문을 열 수 있는 사람이 어디 있을까?
앞길에 무엇이 놓여 있을지 주목하며 한 걸음 한 걸음
　　　내딛지 않고
　　　먼 길을 갈 수 있는 사람이 어디 있을까?
외벽의 돌에 감탄하거나 반하지 않고 안쪽 방을 볼 사람이
　　　어디 있을까?

그래, 아직 시간이 남아 있어―
여기저기서 들판이 너를 부르고 있어.

네가 자신의 영혼을 찾기 위해 지금 있는 그곳을 벗어난다 한들
　　　그 누가 신경 쓰고, 그 누가 너를 나무랄까?

그러니, 어서 일어나, 외투 걸치고, 책상 앞을 떠나!

신비의 땅, 삶인 동시에 죽음이기도 한 풀의 문 안으로
　　　발을 들여, 그리고
　　　두려워하지 마!

죽음의 문 안으로 발을 들이고 놀라움에
　　　사로잡혀봐!

To sit down in front of the weeds, and imagine

   god the ten-fingered, sailing out of his house of straw,

nodding this way and that way, to the flowers of the

   present hour,

to the song falling out of the mockingbird's pink mouth,

to the tiplets of the honeysuckle, that have opened

   in the night.

To sit down, like a weed among weeds, and rustle in the wind!

Listen, are you breathing just a little, and calling it a life?

While the soul, after all, is only a window,
and the opening of the window no more difficult
than the wakening from a little sleep.

풀 앞에 앉아서 상상해봐,
　　열 손가락 신이 짚으로 지은 자신의 집에서 나와

현재의 꽃들에게,

　　흉내지빠귀의 분홍 입에서 흘러나오는 노래에게,

밤에 핀 세쌍둥이 인동꽃에게
　　이리저리 고개 끄덕이는 모습을.

수풀 속 한 포기 풀처럼 앉아서 바람에 살랑거려봐!

🦋

이봐, 그저 조금씩만 숨을 쉬면서 그걸 삶이라고 부르는
　　거야?

결국 영혼은 하나의 창문일 뿐이고,
창문을 여는 건 얕은 잠에서 깨어나는 것보다
어렵지 않은 일인데.

🦋

Only last week I went out among the thorns and said

to the wild roses:

deny me not,

but suffer my devotion.

Then, all afternoon, I sat among them. Maybe

I even heard a curl or two of music, damp and rouge-red,

hurrying from their stubby buds, from their delicate waterybodies.

For how long will you continue to listen to those dark shouters,

caution and prudence?

Fall in! Fall in!

A woman standing in the weeds.

A small boat flounders in the deep waves, and what's coming next

is coming with its own heave and grace.

지난주에, 나, 가시들 사이로 가서 들장미에게
　　말했지,
나를 거부하지 마,
나의 심취를 견뎌줘.
그러곤 오후 내내 들장미들 사이에 앉아 있었어. 어쩌면

그 뭉툭한 꽃봉오리들, 그 물기 머금은 섬세한 몸에서 급히 나오는
촉촉한 빨강 연지 색깔 음악까지 한두 마디 들었는지도 몰라.

🦋

조심과 신중, 그 어두운 경고자들의 외침에
　　얼마나 더 귀 기울이려 하는가?

빠져들어! 빠져들어!

🦋

한 여자가 수풀 속에 서 있어.
작은 배 한 척 높은 파도 속에 버둥대고, 다음에 올 것이 굽이치며
　　우아하게 오고 있어.

Meanwhile, once in a while, I have chanced, among the quick things,

    upon the immutable.

What more could one ask?

And I would touch the faces of the daisies,

and I would bow down

to think about it.

That was then, which hasn't ended yet.

Now the sun begins to swing down. Under the peach-light,

I cross the fields and the dunes, I follow the ocean's edge.

I climb. I backtrack.

I float.

I ramble my way home.

한편, 이따금, 난 덧없는 것들 사이에, 불변의 것 위에
　서봤지.
무얼 더 요구할 수 있겠어?

나, 데이지꽃 얼굴 만지면서도
고개 숙이고
그런 생각을 했어.

그때는 그랬고, 아직까지도 그렇지.

이제 해가 이울기 시작해. 나, 복숭앗빛 햇살 아래
들판과 모래언덕을 넘고, 바닷가를 따라 걸어.

나, 기어올라. 되짚어가.
떠돌아다녀.
집을 향해 천천히 걸어.

감사의 말

일부 시들은 경우에 따라서는 약간 다른 형태로 아래 간행물에 실렸으며, 편집자들에게 감사를 전한다.

「서쪽 바람」(12. 귀뚜라미는……)「해변에서」「가자미, 셋」
―〈아미쿠스〉

「검은 떡갈나무」「개가 또 달아나서」―〈애팔래치아〉

「물수리」―〈컨트리 저널〉

「라운드 연못에서」―〈미시간 쿼털리 리뷰〉

「서쪽 바람」(9. 년 사랑이……)―〈오하이오 리뷰〉

「황홀」―〈오리온〉

「사십 년」「서부구렁이」―〈포에트리〉

「개들」「셸리」「별들」「서쪽 바람」(1. 내 생이라는 게……, 2. 넌 젊어……)―〈프로빈스타운 아츠〉

「세 가지 노래」「흰나비 일곱 마리」―〈셰넌도어〉

「봄」―〈더 서던 리뷰〉

195

일찍 일어나는 사람, 많이 걷는 사람

"나, 일찍 일어나는 사람
많이 걷는 사람 아니던가?"

50년 넘는 긴 세월, 메리 올리버는 거의 날마다 검푸른 새벽에 집을 나서서 지상의 낙원과도 같은 매사추세츠주 프로빈스타운의 바닷가, 숲, 연못가, 모래언덕을 걷고 또 걸었다. 언제나 한결같은 모습으로 우주의 절대적 진리를 암시하는 자연 앞에서 경이와 황홀에 사로잡혔고, 들뜬 목소리로 연신 '봐Look' '들어봐Listen'를 외치며 자연의 아름다움을 시로 옮겼다. 1997년에 출간된 이 시집에도 스스로를 '리포터 시인'이라고 부른 메리 올리버가 자연 속에서 전하는 감동적인 소식들이 담긴 서정시들이 반짝거리고 있다.

무엇보다 눈길을 끄는 건 생명의 눈부신 아름다움을 노래한 시들이다. "언제나 영원은/ 순간 속에 있다"라는 블레이크의 말, 휘트먼의 말을 떠올리게 하는 "흰 몸/ 보이지 않는 바람에 던지고/ 나풀나풀 하늘하늘 기꺼이/ 우주에 스스로를// 내맡기"는 일곱 마리 흰나비, "우람한 어깨"와 "반짝이는 초록 머리칼"을 지닌 검은 떡갈나무, "지나가는 흰 여름비"에 "갑자기/ 몹시도 행복해"져서 "무거운 꽃 머리칼 휘날리"는 단풍나무, "여섯 번/ 기쁨의 한숨짓"게 하는 여름 연못의 "검은 따오기 여섯 마리", "여름내/ 한 줄기 강이었던 목/ 같은 강이었던 몸뚱이" 가진 검정 뱀, "비 내릴 때마다" "아른아른 빛"나며 "화려한 자태 뽐"내는 들판의 풀과 꽃, "바람이 사뿐사뿐 춤추며/ 온 하늘 누비고" "해변의 검은 부리 바위들/ 철썩철썩 때"리는 바닷가, 떠오르는 해의 "오렌지빛 가슴/ 무성한 소나무에 긁혀,// 오렌지빛 깃털 몇 개/ 검은 물속으로/ 굴러떨어지"고 "흰 새 한 마리/ 흰 초처럼 서 있"는 그레이트 연못, "존재의 달콤한 질서 안에서/ 눈부시게 불타오르"는 여우.

물론, 삶의 끝에는 피할 수 없는 죽음의 검은 그림자가 드리운다. "검은 새 어둠의 새/ 죽음을 일깨우는// 죽음의 사자" 올빼미, "별처럼 반짝이는 영혼 사라지고" "물렁한 검은 구조물"만 남은 서부구렁이, 아주 조용한 "곰의 흰 두개골", 물수리에게 잡힌 "붉은 루비 알들로 뒤덮인/ 물고기의 반짝이는 옆구리", "작은 배 한 척 높은 파도 속에 버둥대고" "굽이치며/ 우아하게" 다가오는 죽음.

하지만 죽음 뒤에는 또다시 새 삶이 온다. "극과 극은 결국 통하게 마련이라/ 칠흑 같은 어둠으로부터// 빛의 흰 눈밭 나오리니." 삶이 죽음으로, 다시 부활로, 다시 소멸로, 다시 거듭남으로 무한히 이어지는 생명의 신싱한 순환 속에서 지금 이 순간은 영원, 이곳은 세상 모든 곳, 나는 세상 만물이 된다. 그리고 날마다 자연 속을 걷고 또 걷는 메리 올리버는 이 우주적 합일의 경이를 거듭거듭 목격하고 환희와 감사의 목소리로 노래한다.

이 시집의 표제작 「서쪽 바람」은 자연에 깃든 절대적 진리를 직관과 상상력을 통해 보고 전하는 것을 시인의 본분으로 삼았던 영국 낭만주의 시인들 가운데서도 메리 올리버가 평생 흠모해 마지않은 퍼시 비시 셸리의 「서풍에 부치는 노래」에서 영감을 얻었다고 한다. 셸리는 「서풍에 부치는 노래」에서 가을의 숨결인 거센 서풍을 죽은 낙엽을 몰아내고 새 봄을 맞이하는 "파괴자인 동시에 보존자"라고 부르며, "오 바람이여,/ 겨울이 오면, 봄이 멀리 있을 수 있을까O Wind,/ If Winter comes, can Spring be far behind?"라는 의미심장한 물음을 던진다. 셸리의 순환적 세계관과 예언자로서의 시인의 사명감이 잘 드러난 작품이다. 메리 올리버의 「서쪽 바람」은 다양한 길이와 형식, 소재로 이루어진 13편의 토막 시들이 담긴 이른바 시집 속의 작은 시집이다. 중심 소재인 바람 외에도 피사에서 친구와 즐거운 한때를 보내는 셸리, 고속도로 변 골동품점의 빌과 흉내지빠귀, 냉장고 밑 귀뚜라미, 장미 등이 등장하는 이 시(시들)가 노래하는 건 사랑이다. 사랑의 대상은 소중한 사람이기도 하고, 삶이기도 하며, 시(그리고 시를 짓는 일)이기도 하다. "내 생이라는 게 있다면, 나와 함께 갈래? 그때까지도?" 영원을 기약하는 이 지극한 사랑은 늘 아름답고 고결하기만 한 것은 아니다. "넌 사랑이 어떨 거라고 생각했어?" "밤마다 연인들 만나고, 다투고, 넌더리 내고, 헤어지고, 울부짖지." 사랑의 고통으로 창문에서 뛰어내리는 사람들도 있다. 그럼에도 탄생과 죽음과 거듭남의 거대한 수레바퀴 안에서 무한으로 이어지는 유한한 삶을 살아가는 우리의 존재를 가장 빛나게 해주는 건 사랑이다. 사랑 없는 삶의 무의미함을 강조하는 메리 올리버의 경고는 단호하고 엄중하다.

"사랑 없는 삶도 있어. 그런 삶은 찌그러진 동전,
닳아빠진 신발만큼의 가치도 없지.
아흐레나 땅에 묻지 않은 개 사체만큼의 가치도 없지."

2023년 1월
민승남

작가 연보

1935년 9월	미국 오하이오 메이플하이츠 출생
1955년	오하이오주립대학교 입학
1957년	뉴욕 바서대학교 입학
1962년	런던 모바일극장 입사(어린이들을 위한 유니콘극장에서 연극 집필)
1963년	첫 시집 『No Voyage and Other Poems』(Dent Press) 출간
1970년	셸리 기념상 수상
1972년	시집 『The River Styx, Ohio, and Other Poems』(Harcourt Brace) 출간 미국국립예술기금위원회 펠로십 선정
1973년	앨리스 페이 디 카스타뇰라상 수상
1978년	시집 『The Night Traveler』(Bits Press) 출간
1979년	시집 『Twelve Moons』(Little, Brown) 출간
1980년	구겐하임재단 펠로십 선정
1980년, 1982년	클리블랜드 케이스웨스턴리저브대학교 매더 하우스 방문 교수
1983년	시집 『American Primitive』(Little, Brown) 출간

미국문예아카데미 예술·문학상 수상

1984년	시집 『American Primitive』로 퓰리처상 수상
1986년	시집 『Dream Work』(Atlantic Monthly Press) 출간
	루이스버그 버크넬대학교 상주 시인
1990년	시집 『House of Light』(Beacon Press) 출간
1991년	시집 『House of Light』로 크리스토퍼상과 L. L. 윈십/펜 뉴잉글랜드상 수상
1991~1995년	스위트브라이어대학교 마거릿 배니스터 상주 작가
1992년	시선집 『기러기New and Selected Poems I』(Beacon Press) 출간
	시선집 『기러기』(Beacon Press)로 전미도서상 수상
1994년	시집 『White Pine』(Harcourt Brace) 출간
	산문집 『A Poetry Handbook』(Harcourt Brace) 출간
1995년	산문집 『긴 호흡Blue Pastures』(Harcourt Brace) 출간
1996~2001년	베닝턴대학교 캐서린 오스굿 포스터 기념 교수
1997년	시집 『서쪽 바람West Wind』(Houghton Mifflin) 출간
1998년	산문집 『Rules for the Dance』(Houghton Mifflin) 출간
	래넌 문학상 수상
1999년	산문집 『휘파람 부는 사람Winter Hours』(Houghton Mifflin) 출간
	뉴잉글랜드 서적상인협회상 수상

2000년	시집 『The Leaf and the Cloud』(Da Capo) 출간
2002년	시집 『What Do We Know』(Da Capo) 출간
2003년	시집 『Owls and Other Fantasies』(Beacon Press) 출간
2004년	산문집 『완벽한 날들Long Life』(Da Capo) 출간
	시집 『Why I Wake Early』(Beacon Press) 출간
	산문집 『Blue Iris』(Beacon Press) 출간
	시선집 『Wild Gees』(Bloodaxe) 출간
2005년	오랜 동반자였던 몰리 멀론 쿡 타계
	시선집 『New and Selected Poems II』(Beacon Press) 출간
2006년	시집 『Thirst』(Beacon Press) 출간
2007년	산문집 『Our World』(Beacon Press) 출간
2008년	산문집 『The Truro Bear and Other Adventures』(Beacon Press) 출간
	시집 『Red Bird』(Beacon Press) 출간
2009년	시집 『Evidence』(Beacon Press) 출간
2010년	시집 『Swan』(Beacon Press) 출간
2012년	시집 『천 개의 아침A Thousand Mornings』(Penguin Press) 출간
	굿리즈 선정 베스트 시 부문 수상
2013년	시집 『개를 위한 노래Dog Songs』(Penguin Press) 출간

2014년	시집 『Blue Horses』(Penguin Press) 출간
2015년	시집 『Felicity』(Penguin Press) 출간
2016년	산문집 『Upstream』(Penguin Press) 출간
2017년	시선집 『Devotions』(Penguin Press) 출간
2019년 1월	플로리다 자택에서 림프종으로 타계

메리 올리버를 향한 찬사

메리 올리버의 시들은 세상의 혼돈을 증류해 인간적인 것과 삶에 가치 있는 것을 추출해낸다. 그는 낭만주의자들과 휘트먼의 메아리가 되어, 홀로 자연 속에서 보고 듣는 것의 가치를 주장한다.

〈라이브러리 저널〉

· 메리 올리버는 능숙한 솜씨로 "미국 최고의 시인 중 한 사람"이라는 명성을 공고히 할, 숨이 멎을 만큼 경이로운 작품을 빚어냈다.

· 올리버의 시에는 완전한 설득력이 있다. 봄을 알리는 첫 산들바람의 어루만짐처럼 진실하고 감동적이며 신기하다.

· 올리버의 작품이 보여주는 놀라운 점 가운데 하나는 그가 그 긴 세월 동안 한결같은 목소리를 내고 있다는 것이다. 갈수록 더 자연에 초점을 맞추고 언어의 정교함이 깊어진 결과, 올리버는 이 시대 최고의 시인으로 우뚝 섰다. 올리버의 시에선 불평이나 우는 소리를 찾아볼 수 없다. 그렇다고 삶이 쉬운 것

인 양 말하지도 않는다. 올리버의 시들은 기분 전환이 되어주기보다는 우리를 지탱해준다.

〈뉴욕 타임스 북 리뷰〉

그의 시들은 단순하고 솔직하며 수정같이 맑고 투명하다. 자연을 향한 깊은 사랑이 투영되어 있고 정신계와 물질계를 절묘하게 이어준다. 그는 삶 자체에 대한 자연스러운, 심지어 순진무구하다고까지 할 수 있는 열정을 품고 시를 쓴다.

〈가디언〉

메리 올리버는 지혜와 관용의 시인이며 우리가 만들지 않은 세계를 가까이 들여다볼 수 있게 해준다. 우리를 겸허하게 하는 그 관점은 오래도록 남을 그의 선물이다.

〈하버드 리뷰〉

헌신의 능력과 결합된 엄격한 정신, 정확하고 경제적이며 빛나는 문구를 찾으려는 갈망, 목격하고 나누고자 하는 소망.

〈시카고 트리뷴〉

1984년에 퓰리처상 시 부문을 수상한 메리 올리버는 자연세계에 대한 기쁨이 가득하고, 이해하기 쉽고, 친밀한 관찰로 우리의 선택을 받았다. 그의 시 「기러기」는 너무도 유명해져서 이제 전국의 기숙사 방들을 장식하고 있다. 메리 올리버는 우리에게 '주목한다'는 심오한 행위를, 세상 모든 것들의 가치를 알아보게끔 살아 있는 경이를 가르쳐준다.

〈보스턴 글로브〉

· 그의 간결한 시들은 구어적이고 장난스럽지만, 그 곧은 뿌리는 종교, 철학, 문학의 대수층까지 깊이 뻗어 있다. 올리버는 재미있다. 그는 문화적 따분함, 탐욕, 폭력, 환경 파괴에 저항하는 이단아이며, 자연을 정독하는 모습은 매혹적이다.

· 올리버는 절묘하리만큼 명료한 산문을 써낸다. 자신을 가장 아낌없이 드러낸 이 산문들에서 그는 자기 시들의 원천인 믿음과 관찰, 영감에 대해 이야기한다. 본질적이고 눈부시다.

〈북 리스트〉

초월주의자로 명성을 떨쳤던 헨리 데이비드 소로처럼 메리 올리버도 헌신과 실험 둘 다에 접한, 이른바 '자연이라는 교과서'에 주목한 자연주의자다. 그의 시들은 집처럼 편안한 언어로 유한한 삶의 신비에 대해 이야기한다. 유념하는 것은 올리버의 전문 분야, 보고 듣는 건 그의 과학적 방법이자 명상 수련인 듯하다.

〈서치〉

올리버의 삶 속의 가볍고 경쾌한 희열이, 문장들과 산문시들 사이에서 안개처럼 소용돌이친다.

〈로스앤젤레스 타임스〉

메리 올리버는 가장 훌륭한 영미 시인들 가운데 하나다. 애벌레의 변태에 대해 묘사하든 새소리와의 신비한 교감에 대해 이야기하든 그는 거의 항상 놀랍도록 인상적이고 공명을 불러일으키는 이미지들을 만들어낸다. 올리버는 뛰어난 감성으로 관찰하고 그 누구도 따를 수 없는 경이로운 솜씨로 그 인상들을 표현한다. (…) 그의 시는 엄격하고, 아름답고, 잘 쓰였으며, 자연계에 대한 진정한 통찰을 제공한다.

〈위클리 스탠더드〉

올리버의 시에 드러난 특별한 능력은 그가 세상에서 발견한 아름다움을 전하고 이를 영원히 잊지 못할 것으로 만든다는 점이다.

〈마이애미 헤럴드〉

메리 올리버는 워즈워스 그룹의 '자연' 시인이며 그 시의 목소리에선 흥분이 귀에 들릴 듯 생생하지만, 그의 자연-신비주의는 오히려 고요의 경지에 도달한 듯하다. 그것은 그의 이미지

들 대부분에 영향을 미치는데, 하나의 특성이라기보단 존재 자
체로 의미를 갖는다.

〈베이 에어리어 리포터〉

올해 '톱top 5'는 여섯 단어로 축약될 수 있을 것이나. 메리
올리버, 메리 올리버, 메리 올리버. 올리버의 놀라운 위업은 그
의 식을 줄 모르는 인기와 독자들의 마음 깊은 곳, 거의 근원에
까지 닿는 독보적 능력을 보여준다.

〈크리스천 사이언스 모니터〉

메리 올리버, 우리에게, 너무도 많은 사람에게 삶의 신조로
삼을 말들을 남겨준 당신에게 감사합니다.
"말해보라, 당신의 한 번뿐인 야성적이고 소중한 삶을 어떻
게 살 작정인가?"

힐러리 클린턴

"삶이 끝날 때, 나는 말하고 싶다. 평생 나는 경이와 결혼한
신부였노라고." 메리 올리버, 당신의 말들에서 나는 위안과 앎
을 얻고 마음을 열 수 있었습니다. 당신의 삶은 이 세상에 하나
의 축복이었습니다.

오프라 윈프리

우리들, 꿈꾸고 창조하는 정신을 가진 모든 이들을 위해 메리 올리버는 시로써 충만하고 의미 있는 삶의 진실을 너무도 아름답게 그려냈다.

제시카 알바

메리 올리버, 감사합니다. 당신은 시를 통해 제 할머니에게 빛과 기쁨을 선사했고 할머니께선 당신의 작품이라는 선물을 저와 함께 나누셨습니다. 우리는 할머니의 추도식에서 「가장 큰 선물은 무엇인가What is the greatest gift?」를 낭송했습니다. 당신의 사랑하는 존재들을 제 마음과 기도에 품겠습니다.

첼시 클린턴

"당신의 몸이라는 연약한 동물이 사랑하는 것을 사랑하게 하라." 감사합니다, 메리 올리버.

록산 게이

내가 가장 사랑하는 시인 중 하나인 메리 올리버의 죽음에 잔을 들고 눈물을 흘린다. 그의 말들은 자연과 정신계를 이어 주는 다리였다. 메리에게 신의 은총을!

마돈나

우리가 말로 표현하기 가장 어려운 부분들을 시에 담아주고 우리의 영혼이 우리가 될 수 있는 것에 대한 희망을 안고 노래하도록 만들어준 메리 올리버, 고이 잠드시기를.

귀네스 팰트로

메리 올리버는 절묘한 시들에서, 그리고 영혼을 넓혀주는 시 자체에 대한 관념들에서, 무릇 인간이라면 감동받을 수밖에 없는 우아한 방식으로 살아 있음의 미묘함과 신비를 담아낸다. 퓰리처상과 전미도서상 수상자인 메리 올리버의 시적 탁월성은 그녀를 이 시대의 휘트먼으로 만들어주고, 자연 속에서 이루어낸 초월적인 것과의 숭고한 합일은 그녀를 소로와 나란히 서게 한다.

마리아 포포바

메리 올리버의 시는 훌륭하고 심오하다. 축복처럼 읽힌다. 자연계에 존재하는 우리의 근원과 그 아름다움, 공포, 신비, 위안과 우리를 연결해주는 것이 올리버의 특별한 재능이다.

스탠리 쿠니츠

나는 올리버가 타협을 모르는 맹렬한 서정시인이라고, 늪지의 충신이라고 생각한다. 여기 우리가 간절히 원하는 목소리가 있다.

맥신 쿠민

메리 올리버의 시는 지각과 느낌의 비옥한 땅에서 자라는 자연물로, 본능적인 언어의 기교 덕분에 우리에게 쉽게 다가온다. 그의 시를 읽는 건 감각적 기쁨이다.

메이 스웬슨